AF489786

Un tren delirante

Un tren delirante

Alina Moreno

1era edición, Miami, 2021

ISBN: 9798748023160

Edita: Editorial Primigenios
Miami, Florida.
Email: editorialprimigenios@yahoo.com
Sitio web: https://editorialprimigenios.org

Edición y maquetación: Eduardo René Casanova Ealo

*A Periquín (cuentero mayor), mi padre,
que nos advirtió a todos que se iría (en un tren)
y no le creímos.
Todavía le echamos de menos.*

Presentación o Aviso antes de que arranque el tren

En algunos momentos de la novela hago alusión a la Caja Negra. Sí, ya sé, ellas van en los aviones, algunos barcos, o trenes modernos. No me refiero a esas. Hablo del concepto Caja Negra nuestra, la de nosotros los humanos; donde se guarda información muy importante de toda nuestra vida. Cuando queremos averiguar las causas de algún "accidente interno" y evitar "nuevos siniestros", es necesario recurrir a esa información que guardamos la mayoría de las veces en el inconsciente.

¿Qué puede ser un accidente interno? Te doy ejemplos: situaciones de inseguridad profunda, permanente, miedos paralizantes, bloqueos ante sujetos, cosas, temas, circunstancias específicas, que ni nosotros mismos podemos explicar bien los porqués; depresiones, euforias, evasiones repetidas, desvaloraciones personales, insatisfacciones afectivas, celos enfermizos, dependencia de sustancias, objetos, o de personas, situaciones que no nos dejan crecer y nos resultan tóxicas ... (no soy psicóloga). En definitiva, todas aquellas realidades que están fuera de nuestro control. Estas se dan en mayor o menor escala en todos los individuos, desconociendo su origen y, incluso conociéndolas no podemos controlarlas; si no nos crecemos ante ellas para derrotarlas y vencer.

En la historia que leerán la Caja Negra nuestra viene precedida por un "resplandor o relámpago", que trae consigo el hecho como tal.

No menciono todas y cada una de las paradas oficiales que realiza este ferrocarril; hago alusión solamente a las que fueron relevantes para la historia.

La autora

Intercambio

Era mayo radiante con cielo algodonoso. La estación de Guantánamo vivía todo su esplendor; con el bullicio y ajetreo de abundantes personas dispuestas a abordar el convoy; con doce coches.

La tía de Elena, haciendo de dama de compañía, la ayudaba con el equipaje.

–Elenita, mira a ver si te quedas dormida y te llevan el gusano. El viaje es largo. Ándate espabilada que la gente en este país ha perdido la vergüenza.

Entre las dos colocaron el gusano negro en la parrilla plateada, en lo alto de los asientos. Elena ocupó el asiento 9 en el penúltimo coche.

–Tranquila, tía mi equipaje lo defiendo a como dé lugar.

–Mariano va a buscarte, ¿no?

–Sí, con esto no puedo coger guaguas.

–Gracias, mija, por apoyarme con lo de Berto.

–Era también mi tío y requetebueno con nuestra familia.

–Dale besitos a Mariano, a Osmany, dile a ese descarado que desde que estudia en la Habana se ha vuelto un falso. Que venga unos días en las vacaciones.

Se despidieron. La viajera portaba una mochila, que fungía como bolso de mano.

–Señora, maní en grano, tabletas, coquito acaramelado, merenguito –Elena interrumpió la propuesta de la anciana vendedora, quien daba tumbos entre las gravillas con varias jabas mercantiles.

–No, gracias.

Ella llevaba caramelos, confituras de chocolate, refresco, un pan con pollo y un pomo con agua. Los trenes siempre llevan algún refrigerio.

–Oiga, eso demora una tonga de horas hasta la Habana Vieja, allá tú. –dijo la mujer con cierto disgusto. Continuó su pregón por el resto de las ventanillas.

Se escuchó el chiflido de salida. Los empleados estilaban chaquetas desmangadas azul oscuro, sobre camisas blancas, y pantalones o sayas del mismo azul. Los controladores de boletos en los coches portaban silbatos colgados del cuello, aquellos, replicaban en cada coche el primer silbido, para avisar que se pondrían en marcha o la próxima parada.

El tren número 16 dio su primera sacudida. El viaje se inició a los doce meridianos, del lunes, veinticuatro de mayo del 2005. Les esperaban novecientos y tantos kilómetros. El recorrido estaba programado para dieciocho horas, pero como las líneas eran antiguas, las locomotoras súper usadas por no decir ineficientes, así que a llenarse de paciencia cubanos.

"Qué bien, ya nos vamos y sin acompañante. Podré estirar los pies cuando me entre sueño". La alegría duró poco.

–¡Uff, al fin llego! ¿Es el diez? –Elena asintió–. Fui la última. El tren saliendo de Guantánamo y yo virando pa este. Un poco más y nos toca en el cabú.

La señora de hablar ruidoso cargaba una mochila llena en su espalda, un bolso mediano y una jaba grande, colorida. Se veía humilde, soleada, y repleta de arrugas. Buscó con la vista dónde poner sus bultos. Señalando al de Elena dijo:

–¿Es tuyo?

–Ah, sí, vamos a rodarlo. No hay problemas.

La recién llegada colocó la jaba debajo de su asiento, la mochila y el maletín en la parrilla. El tren iba a su ritmo. La brisa mordiente del mediodía cosquilleaba el rostro lúcido de Elena, encrespándole la melena rojiza, por ello determinó aprisionarla con una hebilla cerca de la coronilla.

–Mija, qué calor, menos mal que empezó a entrar aire. –dijo la arribante.

Elena asintió. Sacó de la mochila la novela: "Ojos que no ven". Buscó la página doblada por una equina, la abrió.

–¿Tú vas para la Habana o te quedas antes? –volvió aquella.

–Para la Habana. –dijo sin apartar los ojos de la página.

–Yo me bajo en San Luis. Cada dos meses le traigo cositas a mi viejo; vive con mi hermana. Mija, qué hambre se pasa en este Guantánamo. Dicen que en la Habana hay comida a patá.

–No creas todo lo que dicen. –tornó al párrafo por donde iba.

La señora se aproximó a ella, y con cierta mesura dijo: –Llevo para mi casa café. Se murió una Mu –hizo una seña con un ojo–, en las tierras del primo, –se acercó más–, llevo carne roja y unas colitas de langosta. Con el dinerito que me darán, amortiguo la caída, ¿comprendes? –despegándose–. Figúrate, soy jubilada. Suerte mis trajines en casas particulares. ¡Niña, el campeonato –señaló la boca con sus dedos refiriéndose a alimento–está durísimo!

–Es verdad.

–Tú tienes cara de habanera; estudiada, fina. Nunca me he topado aquí con un acompañante que lea; ni hombre ni mujer. Te pareces a los viajeros que salen en las películas extranjeras. Vaya, de categoría.

Elena tuvo ganas de aclararle lo de habanera, si bien, prefirió no hacerlo. Aun así, le dio las gracias. La mujer se levantó. –Voy al baño. Cuídame...–se desplazó unos pasos hacia adelante. Al instante regresó alarmada.

—¡Niña, ahí vienen el empleado con un policía! Seguro van a registrar. A veces no; ¡hoy me tocó la desgracia! Dios y Eleguá nos amparen y favorezca.

Elena volvió a marcar la página. Colocó el libro en el asiento –entre las dos–. Su mochila permanecía encogida, debajo de la ventanilla.

El policía y el empleado desfilaron por el pasillo. La señora se volteó, inclinándose hacia este. El empleado comenzó a revisar los boletines desde el final del convoy, el policía hacía preguntas. La mujer sacó una toallita que llevaba entre los senos; secándose la cara a intervalos. Las rodillas cubiertas con una bermuda verde parecían tiritar. Dirigiéndose a Elena dijo:

—Dios mío, ¿por qué este tren no vuela? Se me ocurre... la pondré debajo del tuyo. ¿Está bien? Esa –punteando hacia abajo–es la que lleva la "bomba". Si el policía pregunta, dices que es tuya. A ti, con el porte y aspecto que tienes no te va a pedir registrarla. Hazme ese favorcito, anda; piensa que soy tu abuelita. Si esto no pasa rápido me va a dar un infarto.

—Ruédela, pero eso no, señora. Cómo voy a comprometerme si no la conozco ¿Y si me pide que se la muestre?

—Ahí mismo intervengo yo, soy rapidísima. Digo que no te diste cuenta. Te lo juro por la cruz de Santa Bárbara bendita. Confía en mí. No solo es perderlas, es "la mordida". La multa que hay que pagar, sino te recogen pal tanque.

A la mujer, de improviso, le comenzó un hipo intermitente. Elena le aconsejó que se calmara, y salió al pasillo, imitaba tener un calambre; daba pasos cortos. Con suma discreción le dijo a la sentada:

—Todo parece indicar que encontraron algo. El guardia está escribiendo en una agenda. Hay un pasajero en el pasillo sacando envoltorios de una caja.

Al mirar a la señora la vio concentrada, al parecer rezando o meditando porque terminó, hizo cruces y respondió: –Ya cogieron al primero, hipp, ¿qué llevaría el pobre? Seguro están levantando el acta de decomiso.

Elena se sentó. Señalando al asiento anterior, y en tono bajo le dijo: –Oye, habla bajito, nos está mirando, además, llamamos la atención sin quitar la vista de atrás.

–Es verdad. Y lo que me jode, hipp, de estos cabrones, es que lo que te quitan se lo llevan para, hipp, sus casas. A mí que no me, hipp, hagan cuentos chinos, que para la Unidad cargan boberías. "Las fibras", hipp, lo gordo se quedan con ellos. Voy a ir un momento, hipp, al baño porque ahora sí me cago. –se fue a toda velocidad.

Elena sin pestañar, como una zombi, se rodó al asiento del pasillo. Miró hacia atrás para cerciorarse; concluyeron en el último coche. El guardia trasladaba un saco de nailon negro donde reunía las cosas ilegales que encontraba en su pesquisa.

Al rato regresó la señora, rociada de sudor. Elena se rodó al de ella. La mujer sentándose dijo:

–Encontré la solución. ¿Mira mis senos? Por algo me dicen Metralleta; soy rapidísima.

La otra no entendió. –¿Y el hipo?

–¿Qué hipo? ... Ah, se perdió del susto. Me quité las tiras del ajustador; son elásticas. Mira, se desmayaron–empujó un seno hacia arriba–, como si se quedan aquí. Hice un tramo con las tiras elásticas y un cable viejo que encontré en el botiquín del baño. –la mujer haló la jaba peligrosa, colocándola entre sus piernas–. A grandes males, grandes remedios, dijo. Sacó varios paquetes, los puso sobre el asiento y se marchó al baño con aquella todavía mediada.

Demoró un poco. Al regresar, se notaba más calmada. Bajó el maletín de la parrilla. Acomodó dos de los que había sacado de la jaba en este (no cabían todos). El resto los dejó a su lado en el mismo asiento. –Se me ocurre, pásate para este del pasillo. Tu función es vigilar el baño; darme el parte. No se las voy a regalar a ningún cristiano, de eso, nada. Además, tú eres la elegante y te llevas el premio. Cuando te miren a ti primero, los encandilas y no dirán nada.

Elena, como una chica, obedeció la orden.

Al cambiarse de asiento, la mujer empujó los envoltorios sueltos hacia su nuevo sitio; la ventanilla. Mientras, Elena silente, no salía del asombro al pensar que la vida puede cambiar de traje en fracciones de segundos. "¿Por qué a mí?", se dijo.

–Señora, ¿qué hago con lo del baño?

–Avisarme. Yo invento. Soy rapidísima. Tú eres un ángel. Yo no soy una mala persona. *El Niño de Atocha* no puede hacerme este daño.

Comenzaron nubes oscuras a disputarse el firmamento. Era evidente que refrescaba. Ellas no; la señora continuaba secándose. Ambas palpitantes como si corrieran junto al tren.

Apareció una ferromoza anunciando, en alta voz, que había merienda: un pan con jamonada por viajero. Aclaró que no llevaban refresco ni agua, que los que desearan debían ir al coche comedor a comprarla, situado en la posición seis, y que había que presentar el boleto. Pronunció aquellas palabras en un tono reglamentario y rápido con la misma precisión con que cualquier reloj de pared da las doce. Continuó su pregón hacia el otro coche.

Elena pensó ir. De qué manera, si no puede abortar la insólita misión.

Hay cosas que se las cuelo en la mente, ya verán: Clara Elena, esto te cayó del cielo, sin comerla ni beberla.

Avanzaba el chequeo en el coche de ellas. Elena sacó del bolsillo de la mochila una toallita, para detener los ríos que expulsaban sus brazos y rostro sin apartar los ojos del baño. No tenía noción de lo pudiera ocurrir con ellas.

Un silbido estridente, cercano, se impuso y oyeron: –¡Arriba, los de San Luis!

El transporte disminuyendo, en tanto se acercaban al destino de la angustiada mujer. Esta comenzó a recoger sus pertenencias. Ubicó con premura, en una jaba de nailon que extrajo del bolsillo de la bermuda, todo lo amontonado en la esquina del asiento. Se puso la mochila, y cargó además el maletín. En la misma acción de recobrarlos, le dejó un rápido beso.

–Gracias, compañera. No me dio tiempo a conocerte. Soy Juanita, pero me dicen Metralleta. Yo sí no me quedo callada ni al mismísimo comandante, adiós.

–Adiós, cuídate.

La anhelante mujer dio un vistazo hacia atrás. Ya chequeaban por la mitad del de ellas. Se alejó urgente. Elena retornó a la ventana. Resopló suave. Pasó la toallita por su cara. "A Dios gracias se acabó el susto; no llevo nada fuera de lo común".

El ferrocarril se detuvo. En ese minuto, se acordó del abanico negro, el de las reuniones; aunque haya Aire en aquellas, Elena es la única que usa uno; lo ha bautizado: El chismoso. Ahora se abanicaba mansa. "Menos mal que lo logró la ametralladora. Por poco el infarto me da a mí". En menos que canta un gallo el tren reinició la marcha. Por si fuera poco, de repente, su compañera de asiento se asomó por la ventanilla.

–¡Mija, qué desastre! Con el nerviosismo no recogí la jaba. Se quedó guindada del lado de allá, por fuera del baño. –la mujer marchaba junto al tren–. Mándate pa allá. Está amarrada a un fleje de la ventanilla, –el tren aumentando la velocidad–, tráela y tírala por aquí, aunque no me veas. Yo me disparo detrás, dale

Al acabarse la acera del andén, la mujer se le perdía en la distancia. Consternada ante la solicitud, sintió un vahído, quizás por seguir la frecuencia rápida de pasarle el exterior por delante.

–Compañera, su pasaje. –dijo el empleado, acompañado del guardia.

Ella "aterrizó". Tuvo la sensación de que intentaba robar en ese minuto, y fue descubierta. Sacó su carnet de identidad, el pasaje, los entregó al empleado. Entonces el guardia le habló: –Es pura formalidad. A la legua se ve que no tenemos que inspeccionar sus equipajes. ¿Cuáles son?

–Ese. –apuntó hacia arriba.

–¡Va cargada!, seguro de regalos. –sonrió dándole una ojeada por encima de las gafas oscuras.

El guardia parecía querer fiesta. El empleado le devolvió … y continuó el chequeo con los demás viajeros. El fiestero quedó sembrado junto al asiento.

–Qué extraño que viaje sola –se le aproximó un poco–, una mujer bonita y agradable.

Elena no asimiló el coqueteo. Impuso cara congelada; con la misma que enfrenta cualquier galantería o chistecito verde. Si él supiera con la facilidad que manda a freír espárragos, al que sea, con su estilo decoroso, claro.

–Más tarde le haré la visita. ¿Puedo? ¡Este viaje es largo! Retén el asiento para mí, por fa; así no se aburre. –le hizo una seña ocular y separándose, dijo: –Nos vemos.

El hombre continuó con su saco negro husmeando el resto de los equipajes.

Hubo un avispado silencio. "¡Y esa guardadera, mira!" Ella expulsaba: agua, sodio, cloruro de potasio...

Cubana, no despegues lo ojos del baño; la pueden sustraer.

Se rodó al del pasillo. Continuó aventándose. Vio a un señor dirigirse al baño, este se detuvo en la puerta. Ella se tragó el aliento. El hombre al ver el letrero giró y entró al del frente. –ella jadeó suave.

El policía terminó la revisión. Desde el extremo del coche, en punta de pies, la procuró por encima de los asientos. Ella lo miró, él repitió lo de la seña, y continuó hacia el coche anterior. Ella se disparó al baño

Pobre mujer; perdió sus carnes. Zafó el lazo. Apretándola por la ventanilla logró entrarla. La jaba sudada, fría. Regresó a su asiento. Colocó la jaba comprometida debajo. Tomó la mochila, buscó su... "¿Y la novela?" Ahí es cuando se percata que la señora, con el apuro y el terror se llevó su libro.

Cubana, acuérdate, en este país esas carnes son sagradas; la tenencia y contrabando de ellas... y por la de res, son de cuatro a ocho años de privación de libertad.

Se recostó, estiró las piernas, dejó su cabeza de lado. Absorbía el mundo de afuera. El tren avanzaba veloz por un paisaje claro, desolado y estéril. "Espero no registren nada más".

Ya serena y pendiente del exterior vio pasar almacenes, torres de agua, parqueos de diferentes vehículos, talleres, viviendas de variadas arquitecturas; unas presentables y otras indigentes Distinguió a lo lejos unos flamboyanes coloridos, como los de Domingo Ramos, pintor cubano. Elena siempre ha tenido en su casa excelentes cuadros. Disfrutas si el entorno lo merece, ¿eh? Te deleitas donde ves arte. –se abanicaba suave, contemplando.

Es terrible ver las casas de los pobres; que inventan un hogar con lo que encuentran. Cuchitriles donde habitan seres que sufren, ríen, comen, beben, engendran otros seres que nadie sabe a ciencia cierta, qué les deparará el futuro, quizás en casas mejores o como aquellas.

Cubana, ¿te acuerdas de los viajes a casa de tus abuelos en las vacaciones?

"El primer viaje a Matanzas que tengo memoria fue en el Chevrolet 56, azul metálico, del tío Andrés. Regresábamos hacia Artemisa; íbamos como sardinas en conserva, éramos ocho. Yo, pasado los seis años, junto a la ventanilla trasera (por aquello del mareo del viajero); aburrida de tanta campiña a ambos lados de la carretera. Oíamos a Radio Progreso, entre el murmullo de los adultos; dijeron, que era la única que podía escucharse en el antiguo auto. A mi lado, mi madre. Le pedí un pañuelo. No tengo, para qué, me dijo, pues no tenía catarro. ¿Tío, tú tienes? Tío me extendió uno gris a cuadros. Hice como que me secaba la cara, no sé de qué, recibíamos buena brisa. Se me había ocurrido sacar la mano por la ventanilla, no el brazo, aclaro. Me torcí un poco, lo que pude, para observar; puse la mano hacia abajo, con discreción. Lo agarré en punta de dedos, como si fuera una bandera. El resto de los pasajeros en lo suyo. A mí me encantó aquello: el viento fugaz haciendo de las suyas, hasta que mi madre con su codo me habló: ¡Entra la mano! Con el imprevisto en mis costillas se me fue el banderín. Quedé inerte, por no saber qué…pasaron unos segundos y salté: ¡Tío, se me fue el pañuelo! Detuvo el auto. Tío y mi padre se bajaron a tratar de encontrarlo. Por la velocidad que llevábamos debe hacer ido a parar a la otra provincia; así debatían y que el tío no tenía más. Por favor, Andrés, gritó tía Norma, dejen la buscadera, no va a aparecer, sabrá Dios desde cuándo se le cayó. Regresaron y no hubo una palabra hasta que nos acercábamos a San José. Mi madre con cara de *arrancapezcueso*, por eso, le dije cerca de la oreja: Por qué me asustaste, ella no respondió".

Recuerdas también, el homenaje que hiciste a tu abuela materna y el misterio... del otro.

El novio

En agosto iban todos los primos de vacaciones para la finca en Agramonte, provincia de Matanzas. No recordaba cuándo les dijeron que no tenían abuelo. La abuela siempre sola, a menos, que estuvieran los trabajadores que atendían la finca o algún familiar de visita.

Los mayores explicaron que las vigas del techo principal estaban en peligro de derrumbe; que arriba había dos cuartos vacíos, la escalera deteriorada y un balcón gastado por los aguaceros, por tanto: Prohibido subir.

"Los niños se acuestan con las gallinas". Por eso los recogían al anochecer. Como la chica no es de tanta dormidera; aguzaba el oído, escuchaba el chapoteo de alguien bañándose cuando casi todos dormían. Observaba por el filo de la puerta de su cuarto a la abuela en el pasa y pasa de la cocina al comedor. "Pero, si ya todos comimos". –era la intriga.

Entre luces y por el filillo seguía de curiosa. Los primos de su cuarto caían como momias. Una noche lo vio pasar con la toalla en el cuello, secándose el rostro. "¿Y ese quién es?"

Era moreno y como un pino. La abuela y él tuvieron un cotorreo breve en la cocina. A modo de costumbre, los pasos y la luz del farol se perdían en la escalera. Se percató que ella dormía arriba. No pudo negárselo. ¿No te da miedo?, a estar sola o, a un fantasma, dijo la muchachita. La soledad es buena porque uno puede hacer y pensar lo que te dé la gana. Si hubiese fantasmas serían mis padres. Mejor, así cuidarían de nosotros, para que ni en pesadillas vengan bandoleros a atacarnos. Desde arriba diviso toda la propiedad, me avisan los ladridos de Atalaya y Suspiro. – le aseguró la abuela.

En otra ocasión escuchó pasos, a modo de hombre con botas, freidera, platos. Se volvió un ánima por el pasillo lúgubre. El visitante se comía "un buque" rapidísimo. Había algunos cartuchos sobre la mesa. Imaginó que podía ser un mensajero de encomiendas, pero, a aquella hora; ¿bañarse, comer y dormir?

Regresó como una tortuga a su cama. Por mucho que uno cierre la puerta, se cuele en su lecho, tapándose cabeza y todo, creyéndose seguro, siempre hay un miedillo que ronda y que se evapora cuando irrumpe el sueño, entonces resolvió: "Antes de irme subiré a los altos".

Al ritmo de su corazón, vigilante, por si le tocaba el derrumbe a ella, observó un cuarto con cajas, sacos, sogas largas y cosas de caballos. En el otro había una cama camera vestida, escaparate. Vio ropas de hombre, las famosas botas, polainas de montar, sombreros, y cosas de la abuela.

Abrió una gaveta, por poco se muere; había balas. Un armero clavado a la pared donde sobresalía la punta de una escopeta. "¡Sí que es valiente!", se dijo.

Por suerte, nadie supo. A lo mejor, la abuela tenía un novio. Quizás su mamá no lo aceptaba ni sus tíos, fue lo que presumió.

Una noche, en medio del sueño despertó, por sentir pasos urgentes y quejidos. Otra vez de mirona. La vio con paños y una palangana. Al hombre, herido en un brazo. Ella refunfuñaba a medio tono. En el momento en que iba a irse, él la agarró, la haló para sí y le tocó las nalgas. Sin duda supuso bien. Y porque le empezaron los gases regresó rápido a su cama.

Le hizo creer que acababa de despertar. La abuela vino con la luz. Al conducirla al baño, la chica echó un vistazo al comedor. No había nadie, no obstante, quedó un paño. ¿Aquello tiene sangre?, al oírla la abuela la atrajo. ¿No te estás cagando? ¡Arriba!, le dejó la linterna. Llámame cuando termines, le dijo y se fue.

Luego que la devolvía a su habitación, esta se fijó de nuevo en el comedor. Todo en orden como siempre.

En otra ocasión compareció un hombre vestido de verde militar. La abuela dijo que era el guardabosque y que vino a tomar café. La niña lo observó con disimulo. En cambio, él parecía tener diez ojos. Como llevaba gorra, uniforme de mangas largas no podía compararlo bien. Todos se dieron miradas cautelosas. La chiquilla con disimulo vio que le entregó algo. Con sigilo ella se lo guardó en los senos. Además, por algo la abuela los llevó a las piedras en el costado del rancho, al menos, la chica no es de chuparse el dedo.

Fue y por una ranura de la compuerta los vio en el pórtico de la casona. Para cerrar con broche de oro él le agarró una mano antes de irse. Ella se soltó, pero bien que se quedó mirando al jinete hasta que desapareció.

Ahora sí la sospecha se le metió entre cejas. Se empeñó en querer escuchar todos los sonidos nocturnos, pero que va, al final, la vencían el sueño y el cansancio de los juegos en la arboleda.

Al retornar a su casa, hizo preguntas a la madre. La regañó por estar revolviendo cielo y tierra. ¿O será que no podré llevarte allá?

Una tarde, al regresar de la escuela, encontró a la madre en sollozos, que le dijo: Tengo que irme para la finca, te quedarás con tu padre. ¿Le pasó algo a la abuela?, dijo la muchachita. Es un pariente, pero hay que quedar bien. Después de esto saltó el padre: ¿Hasta cuándo vas a engañarla?, las cosas se dicen sean buenas o malas, esa es la vida. Y volvió aquella: Por favor, Joaquín, todavía es una niña. Entonces el papá vomitó a boca de jarro: Tu abuelo murió, es eso. Al oírlo resopló la niña: Pero, si yo no tengo abuelo, será el novio.

–¡Qué novio ni que ocho cuartos! El bandido de tu abuelo que, por fin, lo mataron de verdad.

Cada familia tiene sus tragedias, secretos, quizás castigos. Ya siendo mujer es que supo que su abuelo fue un cuatrero malhechor, pasan cada cosa, esto mismo, ahora es ella la que lleva "la bomba", de la otra.

Quedó un desierto dentro de ella. Cierta congoja de saber que su compañera perdió la encomienda valiosa. Guardó al chismoso.

Comenzó a notar viajeros que se encaminaban hacia el último coche, con innegable entusiasmo. "No deben vender cosas de comer porque regresan vacíos, con risas y comentarios. ¿Cuál será el mambo del último coche?", se dijo.

No se había percatado de la tenue llovizna que saludaba los amarillentos campos, en donde resaltaban soberbias las palmas reales. Distinguió a un desmochador amarrado a uno de los copos, este tenía atado a una soga un tremendo racimo de palmiche; abajo, otros hombres esperaban. Algunas goticas comenzaron a golpearle la cara. Asimilaba el chin-chin gustosa. Pensó que ellas le apagarían el desvelo causado por la que se bajó. Clausuró la vista. "Qué bueno los celulares de las películas extranjeras. Tampoco tenemos de los fijos en casa", —los abrió para mirar su reloj. "El niño está en clases. Mariano en el trabajo. Veremos cómo encuentro la casa después de una semana. Sabe hacer de todo, pero es un poco regón, así estarán los *cachivaches* de mi cocina".

Quedó atrás la precipitación. Una escuela primaria con sus chiquillos en formación y una mujer leyendo frente a ellos les pasó por el lado. El resplandor se desplegó ante sus inmóviles ojos.

–¡Arriba niña, tienes que saludar la bandera!

Durante la enseñanza primaria, Elena vivió una serie de aflicciones difíciles de asimilar por una niña. La experiencia de la humillación, así como el dolor físico, es intransferible. En matutinos, vespertinos o actividades patrióticas, siempre los viernes, la sumaban a la fila de los niños no pioneros. Una hilera o fila independiente dentro del alumnado.

"Nuestra primera religión: Testigos de Jehová no nos permitía pertenecer a la organización pioneril: usar pañoleta azul o roja según el grado, cantar el himno nacional, o saludar la bandera".

Elena ha navegado en aguas movedizas de los Testigos..., cristianismo apostólico–romano, iglesias evangélicas, pentecostales, después le dio por estudiar las culturas antiguas orientales, hinduismo, los vedas, Osho...ya no se congrega, pero queda un espacio en su corazón para el Todopoderoso.

"Por aquello de no formar parte del colectivo, fuimos catalogados como: Contrarrevolucionarios o Religiosos. El resto de la fila diferenciada lo conformaban los niños que los padres estuvieran en trámites de salida del país, a ellos se les llamó: Gusanos. De esta manera fuimos clasificados en todas las escuelas, por esas tres odiosas palabras".

Los viernes era gran suplicio. Se organizaba el patio o área de formación en hileras: por grados, aulas, sexo y estatura física. La última fila era la de ella, todos mezclados; no se tenía en cuenta nada. Primero, se cantaba el himno, después se realizaban las lecturas revolucionarias, al final, todas las hileras pasaban frente al busto de Martí y la bandera. Cada niño se paraba en firme, saludaba los símbolos patrios, acto seguido, ya podían marcharse para sus casas. Algunos padres esperaban, alejados, en la cerca perimetral. Como ella vivía tan cerca de la escuela siempre iba y venía sola o con amiguitas.

A Religiosos y Gusanos los amenazaban a repetición. Por disciplina, temor, todos saludaban las insignias. Con ocho años, en tercer grado, ella intentó hacerse la valiente.

"Mima me insistía que fuera obediente a los preceptos de nuestra fe. Me enfrenté a la directora; ella expectante para que nadie dejara de cumplir. Llegó mi turno. Me paré frente a Martí, la bandera y ella. Los miré a los tres y seguí. Me gritó. Detuvo la hilera. Me haló por el brazo y me puso de nuevo frente al busto: ¡Vamos, firme!, los miré de nuevo y continué con unos pasos a la derecha. ¿Será posible?, me agarró fuerte: ¡Para la dirección! Recogió dos chapas de las antiguas botellas de refresco, que tenía sobre el buró y me hizo arrodillar en el piso sobre las chapas, una en cada rodilla. Salió. Lloré en silencio. Me apoyé con mis manos en el piso, para que fuese menos el peso de mi cuerpo sobre las chapas. Se me mojó la blusa del uniforme de sudor y lágrimas".

Estuvo un rato así, no fue mucho, pero le pareció un siglo. Regresó el monstruo; su mirada fue aplastante. –¡Vamos, levántate!, espero hayas aprendido la lección. Vuelve a negarte, y comenta algo sobre esto para que veas. –la niña se levantó, recogió su maleta y salió corriendo de la escuela. Aquel terrible día resolvió: Nunca más seré valiente. Nadie supo, se tragó la lengua. Sintió tanto odio por María (aquella directora), una maestra a la que le daban muchas medallas después fue funcionaria municipal de Educación. Tuvo que pasar mucho tiempo para poder entender y perdonar. Son tantas las consecuencias del fanatismo, al que, aun hoy condena.

"Mima no se daba cuenta, además estaba advertida. Tampoco aquella vez notó las heriditas de las rodillas, debe haber creído que me caí en las carreras de Educación Física. No trasmitía ni jota de lo sucedido en la escuela (va y me castigaban en casa por no cumplir con lo que me sabía al dedillo). Jamás recibía elogios de nadie. Mi madre tenía fascinación por mi hermano mayor. Tampoco él contaba algo de su escuela; lo aceptaba todo para evitar represarías. Me hicieron creer que era mejor que yo en todo: bonito, inteligente, elocuente, carismático y yo una gordita tímida, sudorosa, con motonetas, que devoraba mis uñas y cagalona, en fin, ocurrieron muchos eventos en mi niñez que me afectaron; hasta que crecí. Intento aún adivinar la vida. ¡Abajo el fanatismo, del que sea!"

Regresó de la niñez al ser sorprendida por un toque en su hombro.

—¿Está, ocupado? —un hombre agrio, cuarentón, lechoso, con escasa barba, gorra negra, camisa anaranjada de mangas largas, un *blue jeans* descolorido y ojos como de linterna esperaba la respuesta.

—No. —ella se reacomodó. Seguía pendiente del paisaje ahora neblinoso sobre los cañaverales continuos; sin embargo, con el rabillo del ojo, también al recién llegado.

El coche iba sin pasajeros de pie. Hay que ver esos mismos en julio, agosto, o fin de año. El silencio entre ellos creó una especie de cerca, que al menos ella no pretendía cruzar ni abolir. El hombre comenzó a observarla despacio. Se detuvo también en el equipaje.

—¿Vacaciones, trabajo, o de familia?

—Perdón, deseo permanecer en silencio. Me duele mucho la cabeza.

—*Bachena ghwarom*, disculpe, antes de lo de afuera. —ella lo miró sobria, sin dolor alguno, quizás deseaba amarrar bien las estacas que sostenían la barrera. Y siguió el raro: *Chwaschina em*, soy afgano, hablo pastún. No quedó uno mío. Me salvé pies, pero me apresaron en Nimruz. Mi padre comerciante español, vida Kabul –de repente ella estiró el cuello y los párpados, tipo pollo en alerta. El hombre continuó a medio tono, próximo a ella–. Sobreviví, *manana, ze em,* prisión americana. –se levantó una manga, enseñándole moretones y elevaciones en la piel, al parecer quistes–. *drei,* –le enseñó tres dedos–, años. Escapé del infierno. Voy Habana, al gobierno. *Nerlam* papeles. ¿Ya revisaron aquí?

Elena desconcertada, dijo que sí. Terminado el susto de las carnes estaba a punto de comenzar en arritmias por otra causa. "¡Madre mía!".

–Gracias a Alá, de coche en coche, en los baños. Si veo aparecer a los del tren, recostarme; familia. Me descubren me devolverán. ¡Ayúdeme!

En ese punto ella creyó ser la protagonista de un *thrille*r. No supo qué contestar. "¿Por qué devolverlo?" No entiende mucho sobre política. ¿Dime tú, si se arma una contienda internacional?, porque Clara Elena Luz de la Torre esconda un talibán o terrorista según ellos, o el que sea, escapado de la Base Naval guantanamera. Vivir para ver. Ahora sí que está bueno esto.

Mientras, ella se refugiaba en el horizonte construyendo castillos en el aire. Casi sin poder admirar los paisajes desérticos dignos del Impresionismo. Clausuró la vista. Pareciéndole ser una arañita colgada en medio de una puerta. De inmediato, escuchó la voz inconfundible de la ferromoza:

–Quedan panes, están buenos, si falta alguno por merendar, por favor que lleve su boleto.

Al mirar al musulmán, reclinado, con la gorra cubriendo su rostro; constató la calva y algunas cicatrices. La ferromoza se paralizó junto al hombre con ojos indagadores. Acto seguido continuó con su pregón hacia el final.

El afgano se quitó la gorra y le precipitó al rostro: –Cómprame. Llevo mucho en blanco, mi estómago ruge.

Elena, llevada por un hechizo inédito, recogió la mochila. Se dirigió al coche comedor.

Sacó otro dinero, aparte del costo de la merienda dirigida que se podía leer en una tablilla anunciativa. Con un movimiento ocular y de dedos, dialogó con la dependienta. Por ello le despacharon cuatro panecillos con jamonada sellados con nailon fino. Los coló dentro de la mochila. Regresó. Le entregó dos al hombre; este emitió una sonrisa bobalicona, sin agradecer comenzó a devorarlos, con tos incluida por el ansia a lo tipo perro callejero. Ella mordía suavemente el suyo. Su líquido debía ahorrarlo. No sacó porque el tren no llevaba.

Cubana, el policía dijo que vendría, acuérdate. Y si viene se armará la de San Quintín. "¿Si se fuera para otro?", pensó.

La ferromoza regresó en dirección contraria. Esta vez los ignoró. Será posible que este sea el único asiento libre en este tren. O, será que ella atrae el fenomenal trago.

Desplegó la mirada hacia afuera, casi todo cubierto por espinos y matorrales. Parpadeó en pausa como si hubiera estado más que perdida, decidió acercársele y en audio minúsculo le dijo:

–Debo advertirle, conozco a uno de los policías del tren, sabe que voy sola, en cualquier momento... –después de tragar el último bocado, él la interrumpió con un bufido colérico: –¿Por qué no lo dijo? –comenzó en tono bajo, ahora con un español perfecto–. Una nazi; la creo capaz de entregarme. ¿No tiene familia? Todos somos uno –con un índice amenazador–, eres una de ellos. Mira eso a dónde vine a parar. –esto último fue con máximo vigor.

Elena clausuró el proyecto. Los pasajeros colindantes prestaban atención. Los latidos en ráfagas escoltaban las palabras hirientes del hombre. Procuró que no se notara la preocupación que se apoderaba de ella. Lo más importante era evitar inquietarse demasiado y los instantes no contribuían a ello. En ese minuto apareció otro policía con un hombre fornido. Detrás de ellos se situó la ferromoza.

–¡Arriba Dahir, sal del asiento, vamos! –dijo el fuerte–, creo no haya necesidad de violentar las cosas, por eso lo traje. –señaló al guardia que tenía una mano sobre la cartuchera.

El afgano se lanzó a la ventanilla. Elena se caracoleó en su sitio. Tenía la mitad de aquel frente a ella; el hombre sacudía las piernas porque el fuerte lo alaba para sí. Por fin, ella logró salirse al pasillo. Entre el policía y el otro restituyeron al hombre, que alterado repetía: –No me devuelvan a la prisión. ¡Tengan piedad!

Elena desde el pasillo, descorazonada, casi en apnea observaba toda la barbarie que se generó en segundos. Los pasajeros ojeaban curiosos, otros, acercándose por el pasillo que prontamente se llenó.

El policía logró esposarlo. Lo sacaban hacia el coche anterior cuando le gritó a ella:

–Eres la culpable, yanqui de mierda.

Con tanto tropelaje Elena no se dio cuenta del cambio en su castellano.

La ferromoza se le acercó. –Tranquila, compañera, ya todo pasó. –hacia el resto–. ¿Alguien puede darle un poquito de agua, caballeros?

–No, gracias, buscaré en mi mochila. Pobre hombre, después de todo lo que ha vivido.

–Ah, pero ¿usted lo conoce?

–No. Ahora aquí, me contó… –la ferromoza emitió una sonrisa sospechosa. Los colindantes sentados, atentos.

–Oiga, ese tiene más imaginación que García Márquez. Es un enfermo mental. Va en el anterior, el 10. Una vez al año lo llevan de vacaciones. No es agresivo. Ya conocemos estos imprevistos. El lio es que sus bisabuelos vinieron de Afganistán. El fuerte es su hermano, ya nos contó que es el único que habla ese idioma y sabe todo de aquel país sin nadie enseñárselo. Hoy lo devuelve a Mazorra. Ahora él lo inyecta o no sé bien, tiene como controlarlo. Llega dormido a la Estación Central o se embobece. Allá lo recoge una ambulancia. Cambie la cara, no pasará más, que lo que usted ya vio. Relájese. –los indiscretos se retiraron. Elena sujetándole un brazo dijo:

–Compañera, antes de que se vaya. ¿Al final venden algo?, que veo gente en el pasa y pasa.

–Ah –carialegre–, es Luna, la cartomántica. Ella es punto fijo en este tren; que pasa cada tres días. Una vez a la semana ella saca dos asientos para ella sola, en ida y vuelta. El cliente se sienta a su lado. Lleva la indumentaria para su gracia. Si supieras las veces que hemos tenido que intervenir para controlar el circo. Hay pasajeros que se quejan del tabaco, otros del sonsonete de las castañuelas, y si van niños, las madres se extreman, porque los chiquillos quieren ver, tocarla. Imagínate que antes de que se acabe el viaje la gente se le va yendo de los alrededores, ocupan otros. Entonces ella dice: Mejor porque los incrédulos bloquean mi energía.

–¿Y cobra?

–¡Claro, un dólar! Dicen que acierta cantidad. Su fama crece por viaje. A la gente le encanta la "charanga" esa. Se avisan, como no hay nada que hacer. Yo no. Le tengo miedo a lo que está por venir. Lo que me toque, ya sonará.

–¿De dónde es?

–No sé bien, ella dice que tiene carnet de identidad porque es obligatorio. Pero que ella es ciudadana del universo. El carnet dice Santiago, aunque parece que vive o la acogen donde se baja, sigo. –se fue.

Elena se sentó de nuevo. Ingirió casi toda el agua del pomo que se descongelaba.

Alguien detrás de su asiento exhaló un suspiro de potente irritación. Qué espina se le habrá atravesado a ese. Se reclinó. Todo el verano cálido inundaba su ventanilla, gracias al astro que brillaba como nunca. Bandos de aves cruzaban en el sereno azul. Arboledas frondosas matizaban el paisaje. De pronto, se escurrió de nuevo de su Caja Negra:

"Antes, cuando regresábamos de las vacaciones, abuela nos freía pedazos de pollo y chicharritas de plátano. También preparaba botellas de ron con limonada para merendar en el camino. Cuando Mima o tía China abrían el nailon, y los otros viajeros sentían el pollo frito ... ¡de madre aquello! Por eso me acordé al ver a tía Pupy preparándome la merienda de este viaje", repasaba Elena, de sus idas y venidas en los ómnibus interprovinciales donde hubo anécdotas inolvidables.

Qué felicidad. A tía China no le importa estar en un sillón de hospital, tiene sueño y como una bendita está a pierna suelta. Se lee bonito eso, lo que no es bonito son los ronquidos; que parecen de un hombre de siete pies. Siento vergüenza con mis compañeras de cuarto. Una fue operada hoy, hasta mañana no puede levantarse, y está bastante adolorida e incómoda, tiene acompañante. La otra, se va mañana de alta. Están dormidas o lo intentan.

A las siete seré la primera en entrar al quirófano para una Histerectomía. Mima y mi esposo cuidan al niño. Mi tía China se brindó para acompañarme al igual que en mi parto.

A las seis de la mañana me pondrán el último enema. Con el hambre que tengo devoro un león. No tenemos asignado ningún medicamento nocturno. La enfermera apagó, pero no estamos a oscuras en el cubículo por la luz del pasillo. Estiro el pie y la toco por el brazo. El sillón está en la pielera. Despertándose dijo: –Eh ¿qué pasa?

–Tía, por favor, los demás quieren descansar, haz un esfuerzo. ¿Tú nunca te has visto con un médico?, esos ronquidos, ese sueño, no pueden ser normales. Su defensa fue: –Bah, toda la vida he roncado y me importa un bledo ni lo siento.

–Ponte un poco de lado. Dicen que bocarriba es como ocurren los episodios de roncar y las pesadillas.

Hizo el intento. Qué fácil lo recupera. Son más de las doce y yo, parece que tengo dos horquetas que no dejan que mis párpados bajen. Me viré hacia ella. Disfrutando mi rica almohada. Mañana, por la anestesia epidural me la suspenden.

Son tantos los disparates del día a día. Los problemas con la turbina del pozo del pueblo. Al llegar al barrio la pipa de agua hay que volverse una heroína; "luchando" varias cubetas, hago demasiado peso. Mariano no debe faltar a su trabajo. La faena me toca a mí. Después, volverte una artista para que te alcance. Si no hay agua en una casa es cuando más la gente se antoja de cagar. Además, el bicicleteo para ir a la Biblioteca donde trabajo, soy técnica. Mi vida ha estado enmarcada en una constante por subsistir. Es que los cubanos atraen los rompecabezas para casi todo, está visto y comprobado.

Otros días, recorrer en bici como los rancheadores, no detrás de los negros que se le escapaban al mayoral, sino de los negros, blancos, colorados, del que sea, (frijoles para bajar el arroz). Somos las mujeres cubanas las que nos hemos cogido la obligación de buscar cada día qué poner en las ollas; y ellos, con darte el dinero creen que ya cumplieron. Ante tanta rudeza se me produjo un prolapso uterino. Lo que los viejos dicen, *se le salió la matriz*. Por eso tengo una pelotica en la entrada de la vagina. No me molesta, pero dicen que crece. Tuve un parto muy instrumentado; no soy paridora, y con los quehaceres de una mujer súper ocupada... mañana me eliminarán el útero, la pelotica y se acabó. Me quedo con mi heredero.

Vuelvo a mirarla, en ese estado de presente–ausente, me agrada su semblante, achinada como mi madre, con pelo más lacio. Me quiere mucho; hay tías que saben ser madres.

Viajo en el tiempo. Dormida como ahora iba en el ómnibus interprovincial Habana–Jagüey Grande. ¿Cómo dejarlo en el tintero?

Pasábamos las vacaciones en la finca El Escorial, donde vivían los abuelos maternos. Ella se ofreció para llevarnos a los cinco primos. Eran seis horas de viaje en servicio regular, por la carretera central.

En la Terminal Interprovincial de la ciudad de Matanzas se hace una única parada de diez minutos. Los pasajeros pueden bajarse; caminan, fuman, comen o usan los baños. El chofer explicaba que teníamos que andar rápido pues salía de nuevo en hora. También teníamos que fijarnos en el número del ómnibus y el letrero de destino (todos los ómnibus paqueados eran iguales, en el andén de aquella terminal caben ocho ómnibus, no puede haber demora). Guardo la imagen del edificio. Tiene un parqueo grande en el frente para maniobrar; con una entrada a la izquierda y una salida a la derecha. Por la parte trasera está la Estación de trenes, dentro del mismo edificio, con el andén del ferrocarril y cuatro vías; tres de cambio para los de carga y la interna es la de los pasajeros que van hacia el Oriente o regresan a la capital.

En medio está el salón principal con un hormigueo constante de viajeros; en entra y sale, cafeterías, ventanillas que expiden boletos para ambos trasportes, vendedores de periódicos o de comida ligera.

Adoro todas las terminales, siempre rebozadas de energía y vida; me encanta viajar.

Siempre en los viajes iban más adultos, pero ésta vez no. Tía nos advirtió, antes de abordar, que nada de bajarnos. Quizás como sabe que se duerme con facilidad y en un viaje largo.

Llegamos a la terminal y tía en los brazos de Morfeo. Aquel día no roncaba. Mi hermano de trece, con uno de mis primos de nueve años, me dijo: –Vamos a bajarnos, nos estamos orinando. ¿Tú no? Tía y las otras dos primas, dormidas. Yo tenía doce. Sin pensarlo mucho, descendimos.

Mi hermano y yo conocíamos el lugar de memoria. Los baños colectivos quedaban en la parte trasera, en la del ferrocarril. Al bajarnos, mi hermano de nuevo: –El carro es el 67 21, que no se te olvide.

Por suerte, nuestro andén quedaba justo frente al cartel de Bienvenido; ésa sería mi guía.

Al llegar a los baños, están bastante cerca entre sí, además, ellos cantan por sí solos, había una hilera larga en el de mujeres y menos en el de los hombres. Nos ubicamos en ambas colas. La mía avanzaba a paso de jicotea tonta, alguien refirió que, de los cinco muebles sanitarios había dos rotos. Comencé a inquietarme. Miré, mi hermano no soltaba al primo, es muy juguetón; ya ellos se hallaban casi en la entrada. Mis nervios en vuelo rasante; mi estómago trotando. Fui a la puerta del mío. –Compañera, déjeme entrar, tengo dolor de barriga. Me pasó adentro, y demoré porque las anteriores a mí estaban descompuestas (a lo mejor por amebas era la moda). La portera tuvo que salir afuera con un cubo para en dos viajes... Dale, tú ahora. Casi llené el retrete.

Los otros, muchachos al fin, al salir del baño me esperaron un minuto (supongo), al no verme, no imaginaron que estuviese dentro.

Regresaron al ómnibus. Después, dijeron que creyeron que me había arrepentido.

Salí y no los vi. Miré y solo había cuatro sujetos afuera. Ya tenían tiempo. Entendí que se volvieron al ómnibus. Me dirigí sobre ascuas al salón principal. Llegué a los andenes. Busqué el cartel y allí, es donde me percato que está vacío, se marcharon. Mi estómago en un hilo. Miré en redondo. Mi pecho bombeaba como nunca. No sabía si gritar, llorar, a dónde ir, o a quién llamar. ¡Qué inmenso me pareció el mundo y yo una hormiga!

Distinguí en el parqueo frontal, en posición de salida, a una guagua detenida. Vi los números blancos, terminaban en 21, recordé. Sin importarme los autos de alquiler ni el tráfico salí urgente por los míos. En ese minuto se bajó mi tía, enloquecida. Nos abrazamos en medio del parqueo y de la carrera de ambas. Un auto pitaba porque estábamos atravesadas. Me agarró por la oreja, así me llevo hasta mi asiento. El chofer sonriente: ¡Qué susto nos ha dado la muchachita!

¿Qué fue lo que yo les dije?, me dijo con ojos aterrados. Pero tía, me estaba haciendo caca, intentando excusarme. Tu hermano me llamó porque ya la guagua salía y tú te habías bajado. Le dije: Ellos también ... Silencio, me dijo con una cara bien fea.

Me dolió la oreja todo el viaje y ella iba seriecísima, parece que se le escapó el sueño de verdad porque no los cerró en el resto del viaje.

Rrrrr...le di otra patadita. Se acomodó en el sillón y siguió.

¿Cuándo me dormí?

La enfermera sin encender la luz me toca por el pie y con voz menuda: Dale que son las seis.

Me bajo el blúmer, me instala el agua limpiadora. Regresa el retorcijón. Termina el enema. Me levanto, salgo rumbo al baño como en aquel viaje y mi tía China sin enterarse, durmiendo.

Si no, se los cocino a la gata

Elena se quitó la camisa a cuadros rojos y negros. Al llevarla abierta, lucía una camiseta roja, y un *jeans beige*. Le encantan las sandalias artesanales de cuero. Cuando la guardaba en la mochila se escapó de nuevo de su casa negra aquello:

—Niña, ¿tú no viste una cartera allá dentro?

Así dijo una mujer en la tienda, cuando ella levantó la cortina del vestidor para irse.

Se te sacudió el pecho. Dijiste que no. Nuevamente deslizaste la cortina. Extrajiste aquella de tu carpeta de estudios, la lanzaste por atrás del banquito donde la gente coloca sus pertenencias en el vestidor. Fue después de probarte el pulóver, cuando fuiste a recoger la blusa del uniforme, que se había caído, cuando la viste. Ahí mismo la atrapaste con entusiasmo, corriste la cortina y viendo que el departamento de la tienda continuaba vacío... La dueña de la cartera debe haberse ido, —pensaste aquella vez—, no la dejaré a la empleada. Jamás imaginaste que volverían por ella. Al final te escabulliste de allí. Luego de pagar el pulóver en la caja, distinguiste a la mujer de la pregunta; salía del vestidor con cartera en manos. Solo el espejo delgado y largo del cuartico fue testigo. "Si había una cartera abandonada en la tienda era porque tenía dinero, y el azar la puso en mi camino, solo que...y no era justo quedármela, por eso la solté". Casi yéndote volviste a verla; seleccionaba unas flores, y te miró... ¿Qué habría pensado? Desviaste sus ojos más rápido que una estrella efímera.

Su mente flotaba en aquel incidente pretérito, a la vez, con lentitud por el pasillo, sin alejarse de su asiento, pretendía mover los músculos. Próxima al de ella hizo dos cuclillas breves.

Cubana, estás hecha una bisagra oxidada. Te excediste con los platos rebosados de tu tía. Tu azúcar no se descontroló, ¿eh? "Por suerte".

Ya sentada miró al campo, vio surcos infinitos de hortalizas, protegidos por cortinas rompe vientos, compactadas con otra vegetación. Admiró un rio bordeado de pomarrosas, cañabravas y otros arbustos. Había dos caballos bebiendo y hombres sosegados, que persiguieron al tren. De nuevo los celajes. Observó gentes entrando o saliendo de las escasas viviendas cercanas a la vía. Por un momento tuvo la posibilidad de echar un vistazo a otras cosas. Otros mundos pasaban veloces frente a ella. Hay algo reconfortante, no se puede explicar bien, en el hecho de ver a personas desconocidas en la seguridad de sus hogares.

Ella, trasladándose en el tiempo y el espacio, balanceándose al ritmo de la mole de hierro sobre los raíles.

En unos cuartones próximos a la vía distinguió unos hombres ordeñando vacas. Eran cerca de las seis de la tarde. Irrumpió de súbito:

–Mira Elena, qué vaca negra viene para acá.

Así gritó la tía Norma aquel día, sabiendo bien su rechazo por el ganado. Ella no vio, se desmayó, tendría unos once años. Luego retornó a la vida con todos sobre ella, dándole explicaciones. El viaje recreativo, por los potreros ya vacíos, terminó entre burlas y sollozos.

 Aquel estremecimiento se te grabó para siempre. Se convirtió en tu pesadilla. Cualquier noche una vaca negra te... algo desagradable.

¿Por qué se repetía aquel sueño horrible si nunca la hubo? ¿Cuándo se ausentó para siempre de sus noches? Les cuento...

Estudiando Licenciatura en español y Literatura, becada en la capital, regresaba los fines de semana a casa. Aquel sábado soñó con la perseguidora, ya estaba acostumbrada al episodio. El domingo de regreso a la Facultad abordó una guagua. Pasaron varios pueblos que hay en ese recorrido. Al salir del pueblo de Punta Brava, existen campos a ambos lados de la carretera, se rompió el ómnibus. No existía otra alternativa que bajarse e intentar seguir viaje.

Por sobre la naturaleza verde el meridiano lanzaba sus rayos tibios; una calma y serenidad celeste se desprendían del cóncavo azul, que no empañaba ni siquiera una nube.

Todos en la carretera; un grupo caminaba de retorno, el de ella continuó adelante. La guagua les quedaba lejos. No se condolía nadie "de los náufragos". Al frente, un poco distante, en medio de la vía, advirtió una vaca negra a tropel hacia ellos, y a un hombre con sombrero y soga que le corría detrás. De inmediato fue presa del pánico. Dio media vuelta, llevaba la mochila a su espalda y pasó a todos, de seguro: Medalla de oro en los 200 metros planos.

Divisó un taxi. Se interpuso en medio de la vía con las manos en alto. Paró, ya dentro se creyó salvada. Desesperada subió la ventanilla, se acordó de la película española: Cujo el perro asesino.

El carro avanzó unos metros. El chofer tuvo que detenerlo, pues ya la tenía enfrente. Risueño comentó aquel: –Vamos, torito en celo, vas a matar del susto a esta muchacha.

El toro o la vaca ya tenía su dueño detrás. Aun así, fue por su ventanilla. La miró con detenimiento. El campesino lo amarró. Lo sacó de la vía sin que se resistiera. ¡Qué casualidad! A ver, ¿por qué no fue por la ventanilla del chofer? ¿Todavía no tienes respuesta? "No".

El chofer evitando la gente curiosa y dispersa. Casi expulsaste el corazón por la boca. Uno: por el animal, dos: porque paró un taxi y no tenías más que los diez pesos que te daban para pagar el transporte y sostenerte la semana en la beca. Enardecida te cruzaste de brazos. El taxista seguía: Oh, el toro por poco te coge.

En ese punto, oyó a uno de los sujetos que venían en el asiento trasero; no se había percatado. A esa hora, no iba a contar el sueño que le perseguía. Era demasiado; no lo iban a creer.

Llegaron a Marianao. El taxímetro marcaba veinticinco pesos. Tendría que dar los diez de ella para aportar al costo de la carrera. Vio la cerca perimetral de los albergues de su escuela. Le dijo que se detuviera, que ella se quedaba en el Varona (Instituto Universitario Pedagógico). Una señora habló: ¿Eres estudiante?, dijo que sí, que era becada, extendiendo su único billete al taxista salvador. La señora de nuevo: Deja, nosotros pagamos al final, guarda tu dinerito para que comas en la beca.

Le regresó el alma al cuerpo. Se le había distanciado por la presencia del animal, y también por quedarse sin efectivo.

¿Y su vacío interior? Su monedero quedaría huérfano hasta la próxima remesa. Les agradeció a todos. Se encaminó hacia la residencia estudiantil, más que sorprendida por las emergencias mañaneras.

Está visto que desde que se ojearon el toro y ella en vivo, eso bastó para que desapareciera de sus sueños, nunca más se ha asomado.

Elena desertó de la universidad pedagógica. Matriculó en una escuela formadora de técnicas de Bibliotecas Públicas.

Una voz sonora y cálida anunció el término de Las Tunas.

"Todo cuanto el tren va dejando atrás, lo dejo yo. ¿Volveré a ver esos trozos de cielos con nubes o sin ellas?", meditaba.

Se detuvo el convoy. Comenzó a observar una mosca posada en el borde de su ventana. De pronto, esta emprendió vuelo hacia el techo. La siguió. De ahí se posó en uno de los asientos del lado de allá del pasillo, por ello: "¿Será pasajera eterna de este tren?" En ese intervalo, detenidos, se asomó por la ventanilla, inclinándose un poco hacia afuera. Avistó un grupo de hombres extrayendo de un camión de Acopio: Fibras de zinc (para techar), vigas, ventanas y puertas de aluminio, sacos amarrados y muchas cajas. Se le ocurrió preguntar a la señora del asiento delantero, que conjuntamente observaba.

–¿Están trayendo todo eso para acá?

–Sí, es una mudada de provincia, con vivienda y todo.

–¿¡Cómo!?

–Sí, eso ocurre a cada rato. Tú sabes lo que cuesta trasladar todo eso en un camión para la Habana o para donde sea. No, ellos no tienen para eso; usan el tren. Los del interior se mueven por todo el país; en busca de trabajo y acomodarse un poco. Para luego arrastrar los que se quedaron. No critico, la migración es más vieja que el hombre mismo. Hasta los animales se quedan adonde haya agua y comida. Los del Occidente emigran a la Florida. Los de acá atrás hacia el Occidente. Esto es lo de nunca acabar.

–¿Y todo eso dónde lo ponen?

–No ves que el hombre trajo su gente. Lo suben todo rapidísimo. Lo acomodan en el vagón o contenedor de mudanzas. Los cubanos pensamos en todo. Ah, y hay que pagar la mudada, pero se puede.

–¡Qué bien!

–¿Tú fuiste a El Cobre, por la Virgen?

–No, a Guantánamo; falleció un familiar.

–Ay, hija, he vivido cinco días en Guantánamo que no se los deseo a nadie. Dando carreras con el papeleo en el Registro Civil y ante notario. Necesito documentos de mi abuelo haitiano que se estableció allí. No lo conocí. La embajada haitiana, para darme la ciudadanía, me pide una certificación de cuando se naturalizó; una copia del original. He gastado el mundo y más en alquiler; no tengo familia y para tratar de que los papeles se muevan. Tú sabes cómo es la movida para hacerte ciudadana de cualquier país; gastos y carreras a lo Juantorena.

–Me han contado.

–Es la única manera de desangrarte, pero lo recuperas en los viajecitos; con la pacotilla para ventas. Te das el gustico de coger otro aire. Te pregunté lo de la virgen porque –bajó el volumen y señaló a su compañera–esta infeliz que va *esnuncá* a mi lado fue a Santiago, al Santuario del Cobre a cumplir una promesa a la Virgen. Después, se le ocurrió seguir a Guantánamo, donde unos parientes, –continuó disminuyendo el volumen–, me dijo que tuvo que mandar a pedir dinero a su casa, para lo del regreso. No imaginó la miseria de aquellos. Ahí va, muerta, la pobre.

Cuando Elena se reclinaba, para dar por terminada la conversación, la otra, asomada por entre los dos asientos, ahora con tono normal: –Oye, y gracias a Dios que pudiste recuperar la jaba, la que escondió tu amiga en el baño. El gardeo de los policías aquí, no es fácil, ¡ten cuidado!

Aquello le robó el habla. Resulta que la vecina...

Después de haber subido toda la mudada a bordo, el traqueteante tren continuó el desplazamiento. Ella inmiscuida entre los diferentes cultivos. Ha sido una tarde magnífica, el sol ha iniciado su perezoso descenso. Vio monteros conduciendo mucho ganado. Las sombras se alargaban y la luz teñía de dorado los árboles, distinguió un lomerío en el horizonte. ¡Oh, mira los cuadros de los pintores cubanos paisajistas, disfrútalos, Elena! "¡Cuánta belleza!"

El chequeo de boletos se realiza en todos los coches al inicio del viaje. El personal que va sentado desde el principio los compró en reservaciones; donde le asignan el número del asiento. Luego, todo el que aborde el tren en cualquier estación o paradero, el boleto lo adquiere, lo paga, directo en el coche donde aborda –cualquiera–. Entonces camina por el mismo y busca dónde sentarse. Si no hay lugar, viaja de pie.

–Buenas, ¿está ocupado, compañera? –Elena se negó al ver que era una mujer. Esta se sentó.

Cubana, has llegado a sentir pánico ante los posibles acompañantes, ¿eh?

La joven con ropa importada, exquisito olor, un maletín mediano y una cartera de esas que le caben "las mil y una noche". Esta movía ininterrumpidamente los párpados; ciertamente un tic nervioso.

–Voy para la Habana. Tengo una hermana en terapia por un ictus. Es mucho mayor que yo. Veremos qué pasa –Elena movió la cabeza en señal de solidaridad con la arribante. "Tiene líos, la pobre".

–Chica, ¿no te da olor a pescado?

–Sí, debajo del mío tengo una jabita con unos parguitos, para mi hijo. –dijo Elena.

–¿Servirán cuándo llegues?

–Si no se los cocino a la gata.

–Voy a subir el mío a la parrilla, no vaya a ser, me da pena contigo, pero el pescado se pega.

–Correcto. –la otra realizó el cambio.

–¿Usted es doctora?

–No, soy bibliotecaria.

–Ah... Tuve que pedir una semana en mi trabajo. No se sabe cuánto puede estar uno en hospitales. Suerte mi marido, es una mujer para una casa. Se quedó con los niños. Tiene dos trabajos. Es una fiera luchando para nosotros. Mis compañeras me tienen una envidia, y está entero; no te imagines un tareco. Tengo dos amigas del trabajo, íntimas mías, que engañan a los de ellas. Una, está con el jefe de nosotros. Él la regresa en el carro y todo. El marido en cuanto lo ve, hace café, no lo deja ir sin el buchito. ¡Qué máscaras, Dios mío! ¿Y la otra? Te cuento –miró al techo–, qué valor Padre; le zafó una pieza al televisor. Acuesta a la niña a las ocho. El marido se queda oyendo el juego de pelota en la terraza. Siempre pone un, pero, si él le dice de repararlo y como ella está enganchada con la novela brasileña, le dice que va a verla para la casa de la esquina. No se pierde un capítulo. Se baña un minuto antes. Se pone la bata de casa sin ropa interior; y le dice: Vengo cuando se acabe.

Antes de llegar a la vecina–amiga, que sabe todo, entra a una casa en construcción: Una boca de lobo. Allí se pasa el tiempo de la novela; en el "chachachá" con el amante. Los vecinos colindantes están frente al televisor; todo el mundo sigue la novela. En cuanto siente la música del final se acaba la función. Sale y regresa felicísima. Así lleva, los martes o jueves que trasmiten la brasileña. ¿Qué te parece?

–Me has dejado fría. ¿Nunca la han visto entrando o saliendo del escondite?

–Muchacha, esto es para que tú veas: El que mal anda mal acaba; porque el marido de ella es de oro dieciocho como el mío. Hace unas semanas tuvo que suspender todo; por poco se embarca. Resulta que, en la última aventura, al entrar al cuarto oscuro, él siempre la esperaba sin ropa, con aquello excitándose, esa vez estaba vestido, al ella preguntarle no respondió.

Elena la detuvo con una mano en su muslo: –Oye, habla más bajito, la del lado está pendiente. –se acordó de la vecina del frente. Esa, debe estar a lo ancho, tiene oído de tuberculosa, pensó.

–Ah, sí, es que me emociono –bajó el volumen–. El tipo le subió la bata, besándola desesperado. Al ella sentir el bigote se dio cuenta que era otro. Trató de despegarse y no pudo. Ahí fue cuando aquel le dijo: Asumes tranquilita o llamo a tu marido y le dijo con quién te metes todas las semanas en esta guarida. Yo mismo te llevo, para que sepa que vienes encuera. Dice ella que temblaba como una hoja, sin poder gritar.

–¡Qué horror! ¿Qué hizo?

–¿Qué va a hacer? El tipo le metió caña por todos lados. Ya saciado, le dijo: Como estás asustada no gozaste. ¿Viste qué morronga tengo? Ese penco no puede pararse al lado mío. Ya verás el próximo jueves como te llevo a la luna en mi cohete. Ah, y tu querido no vendrá más, te lo aseguro, ya le dije ... y guerra avisada no mata soldados. Amiga, imagínate qué rumba; el amante es harto conocido en su casa, los visita a cada rato.

–¿Supo quién era el hombre?

–Dice que se imagina, pero no tiene seguridad. Ella misma mandó a arreglar el televisor. Tuvo que suspender todo; dice que el amante no ha vuelto por la casa y la evita en la calle.

Cubana, de que las hay, las hay. ¡Cierra la boca! No has necesitado tu novela, después de oír con pelos y señales... hay cada historia.

–¿Tú estás casada? –dijo la cuentera.

–Sí, hace más de veinte años.

–Qué bueno la estabilidad, luces una mujer intachable, por eso te conservas. Haces ejercicio, ¿eh?, todavía te ves pepilla –Elena se negó suave, la mujer le miró el cabello–. ¿Ese rojo es de la tienda o criollo?

–Criollo, llevo muchos años.

–Te queda bonito. Se ve que no eres como mis amigas. Tú eres como yo, a la antigua, la lealtad es muy linda. ¡Ay, chica!, hablando como los locos. Me da pena pedirte un favorcito.

–Dime.

–Yo le avisé a mi prima. Ella cogerá este mismo en la próxima estación. Va a apoyarnos con lo del hospital. Si tu fueras tan humana y te mudaras de asiento, para que ella viaje conmigo; tenemos que cuadrar varias cosas. No te preocupes, yo me encargo de localizarte un asiento, tranquila, te mudo los equipajes. Si acaso en el recorrido encuentro dos libres, la que se muda soy yo. Anda, ayúdame en eso, cariño.

Esto es lo único que te faltaba, mudada forzosa. Qué pujante son las cubanas.

Antes de arribar la narradora, ella pensó que aquel tiempo de su existencia estaba confabulado para sorprenderla, asustarse, incitarla, confundirla, revivir, en resumen: ¡qué día!

"No toda la juventud está echada a perder, como dice la gente... Quizás deba irme del 9–10 ¿Tendrá cifrado algún adagio?", y concluyó:

–Está bien, acepto.

La joven se incorporó resuelta. –Gracias, mi amiga. ¿Busco en este o en el de atrás?

–Atrás, ni para el impulso –sonrieron–. Busca en el anterior, el diez. Ah, –la detuvo con la mano–, fíjate que no sea cerca de uno que lleva esposas –señaló la muñeca–. No estoy segura si las lleve puestas todavía.

La mujer se sentó de nuevo, acercándosele y con el parpadeo más intenso: –¿Aquí llevan un preso peligroso?

–No, es un paciente psiquiátrico. Ya deben haberlo medicado. Me refiero a que no sea cerca de él. Fíjate bien. "Le tengo miedo a los locos" –no quiso revelar nada.

La mujer se fue en busca del asiento.

El crepúsculo a todo color. Divagaba por unos lomeríos oscuros, distantes. Comenzó a oír una música lejana, más bien emanaba de la mitad del coche; se presumía de una radiograbadora. Regresó la otra.

–Ya, encontré en el nueve. El del problemita –señalando su cabeza–, no supe. Le pedí a la señora de allá que te cediera la ventanilla porque tú eras claustrofóbica. ¿Copiaste? No me hagas quedar mal. Va en el asiento 13 –14. Vamos para allá.

–Espérate, deja ir al baño, llegó la hora de soltar el agua que me queda dentro.

Se realizó la mudada del gusano entre las dos. Elena muerta de la pena por la jaba marinera. Repitió lo de colocarla en el piso. Se despidieron con besos. La nueva acompañante de Elena ocupó ahora el del pasillo y movió la cabeza en señal de bienvenida.

A la sazón, el tren se detuvo. Elena se asomó, miró al frente y aun distante del paradero se divisaba una multitud esperándolo. Ni que fuera la Marcha del Pueblo Combatiente, se dijo. Al ella ir en el noveno, quedaba muy alejada de las aceras de acceso a las estaciones.

Hacía años no viajaba a Guantánamo. La última vez fue en uno de los primeros coches de la caravana. Comió chucherías, no porque las llevara ella, sino porque en todas las estaciones férreas había vendedores de comida ligera. Te la proponían en las ventanillas, (por lo general en los coches delanteros) y los hay súper rápidos que se suben para vender adentro, luego se bajan con el ferrocarril andando. En aquella ocasión vio a un hombre rellenando frascos de agua a los viajeros, en la acera de una estación, por un peso cubano. Ahora mismo terminó de consumir el agua que le quedaba.

¡AY DE LOS QUE PROMETEN, Y NO CUMPLEN!

Al salir de la estación de Camagüey, la acompañante, una señora elegante, refinada inició el comadreo:

–¿Siempre ha padecido de eso? Elena reaccionó en un dos por tres: –Sí, desde niña. Y ahí empezó el folletín de la fina: –Si te digo, muy pocas veces he viajado en tren, y sola, menos. Nosotros tenemos un Lada. Hasta para ir a los restaurantes mi marido me lleva; es vago para caminar. Entonces Elena: Al mío no le gusta comer fuera, y como están los precios.

–Nosotros sí, a mi marido le encanta, cocino porque no queda otra, –sonriente prosiguió–, ahora salimos poco, antes sí, es un hombre de detalles; muy bueno, trabajador, recto, fue Coronel del Ejército; ya está jubilado.

Cómo habla esta señora y Elena sin ganas, –la distinguida seguía: Tiene una pensión buenísima. La verdad, no puedo quejarme, gracias a él. Tú sabes que la vida de los altos mandos militares es desahogada. Nunca he trabajado en la calle. Hemos vivido en varias provincias; siempre en casa cómoda. ¿Vacaciones?, por todo el país; playas, hoteles, excursiones, lo que se dice: una buena vida. Nadie me cree los setenta, dicen que aparento menos, –mirándola Elena asintió–. Ah, tengo una hija en California, hace seis años. –Elena escuchaba casi sin mirarla, deseosa de un reposo, pero de eso, nada–. No ha venido. Primero se fue el marido, luego ella. Yo me quedé con las niñas hasta que se las llevaron. Ellas me adoran, y las dos que ya trabajan me mandan dinero, igual que mi hija. Ahí Elena soltó: Por eso pueden ir a restaurantes, porque cómo corren los días y jubilado.

Conozco a muchos que les alcanza para muy poco. ¿Cómo asimiló su esposo tan correcto la ida de su hija?

De seguro que la dama ilustre no esperaba esa bola y respondió: Aquello fue una crisis; dos bocas más, uniformes, tareas escolares, pero se le pasó, como nos mandan, –hizo el gesto con los dedos refiriéndose a dinero–, es cierto, las pensiones en este país son bajas, aunque, mi otro hijo es carpintero ebanista, muy solicitado y nos ayuda.

¡Clarísimo, por eso pueden! No, no le dijo eso sino: Tienes un marido excelente, unos hijos de oro. ¡Qué bueno! ¿eh?

Le celebró el cabello y la ropa, en verdad, se veía feliz, moderna y a ver si se callaba y la feliz era ella. Se proyectaba tan dichosa.

–Nada es perfecto. La vida tiene cosas...porque es la vida –irrumpió con tono quejoso.

¡Uff! cambió la cosa con la fina.

–Tengo otro. Mi marido no me deja hablar de él, pero como tú tienes cara de buena gente y no nos conoces, no harás el cuento, –se le acercó más–. Ese otro ya es un hombre, pero no está con nosotros.

Por el suspenso Elena supuso preso, o anticomunista, por ello dijo:

–¿No está en el país, o...? –la fina la interrumpió: Está interno en una institución en el Cerro. Hizo asfixia cuando nació. Quedó con problemas; oye, ve, camina, pero no habla y tiene retraso mental; se hace pipi y caca. Elena redondeo más sus ojos, expresando: –¡Oh, el pobre! ¿Qué edad?

–Ya cumplió cuarenta y siete, fue el primero. Se llama como su padre. Es una copia fiel del original, pero, como es así no desarrolló músculos. Es delgado, alto, no fuerte como su papá.

–¿A qué edad lo internaron?

–Tenía ocho años. –dijo, serena.

Elena la miró diferente o su estupor salió sin poder controlarlo. –¿Ocho, de cero a ocho estuvo contigo, con sus hermanitos? La fina al oírla cambió de bola. Sí, pero figúrate, después de él parí dos veces. Era un niño eterno que había que cuidar como a un bebé. Los otros crecían normales. Elena se acordó de casos conocidos que no han renunciado. Le prometí que iría siempre a verlo, que como él era diferente tenía que vivir allí. Que lo iban a enseñar a hablar, y que tendría amiguitos siempre, fue su argumento.

Elena incómoda, hasta le caía mal, de gratis y no por envidia de su felicidad, sino por darse tanto bombo y platillo. ¡Cuidado, Elena, no juzgues! Por sus ojos inquisidores, la exquisita se contrajo, y ahí mismo empezó "el tigre a perder sus rayas".

–Es que no puedo traerlo conmigo. Tengo muy mala la circulación. El dolor de las piernas me mata. Hay que bañarlo. Tú me ves así, pero tengo artritis también. Entonces Elena le paró el rosario: Perdóname que te haga preguntas. ¿Cómo te comunicabas con él?

–Aunque no habla lo entiende todo. Hace lo que uno le pide. Dice sí o no con la cabeza. Nunca ha sido agresivo que nos hayan contado. Allí no falta nada; hasta le hacen terapias. Nos conoce bien, y se ha superado con los años, cantidad. De pequeño se quedaba con la mirada perdida, eso sí, era cariñoso, a su forma; me agarraba por el cuello que casi me ahogaba. De grande presta más atención; lo que nunca se ríe tampoco llora. Mi marido va a todas las reuniones, son una vez al año, y nos informan de su salud. En fin, es flaco, come bastante y no se enferma nunca. Antes, lo traíamos por una semana. ¡Se alborotaba...! Después, mi hija que era la más pequeña no dormía, decía que era feo. Cuando más chico era bonito; al crecer le cambió la cara. Todo su cuerpo es normal, pero la expresión se le puso extraña.

Elena siguió en la pesquisa. –¿Desde cuándo no lo ves?, –ya se había virado de frente a ella, ahora deseaba más, observándole.

–Hace ya un tiempo. Figúrate, mi hija se fue, me quedé a cargo de mis nietas como te conté, ellas podían cogerle miedo también. ¿Y si mi hija me requería? La vida se me fue complicando. Ya estoy vieja; no tengo salud.

Elena endureció la mirada, se hartó, seis años de que se fue la asustadiza, luego de ser mujer. ¡Tanto! Quiso parar la película, pero cómo, y para bajar el telón, la madrecita elegante le disparó a bocajarro: –La última vez que fui, la Seño que lo atiende me dijo que había buenas nuevas. Que ya balbuceaba muchas frases, se vestía solo, y avisaba para sus necesidades. Mira lo que es la vida, nosotros que lo queremos, yo no iba, pero mi marido siempre llamaba, –Elena se acordó de: "No cojas calenturas ajenas", y respiró hondo–, siempre lo he tenido en el pensamiento y el dolor de tener un hijo anormal. La última vez que lo tuve frente a mí lo oí decir por primera vez algo, y para mi sorpresa fue: Vete, dijo dos veces vete y se viró para la pared. A mí me dio un dolor aquello que no he ido más. Él me conoce, pensé que me diría mamá, dijo. Sí que la conoce, en verdad ha evolucionado, el pobre, dijo Elena para sí. Y como la Seño me dijo que ya la llamaba por su nombre, eso no me gustó. ¿Quieres que te diga?, esa es la causa por la que he demorado tanto, fue su conclusión.

Elena de nuevo se quedó fija. Al parecer una bala explosiva debe haber dado en la encantadora. Acto seguido, persistió en el horizonte ennegrecido, y se ventiló de nuevo. Quedaron las dos mudas por unos minutos, braceando a mar abierto fue la sensación de ella.

–Deja recoger mi bolso; me quedo en la próxima. Mucho gusto en conocerte, –le extendió la mano, Elena dio la de ella, respondiendo: El gusto es mío.

Ninguna de las dos dijo el nombre. La señora bajó su bolso. Buen viaje, dijo y se fue.

Cubana avizoraste una huida. Quizás se arrepintió de contar el suceso prohibido. ¿Sería verdad que se aproximaba su destino?

"Mientras más conozco a los humanos, más quiero a mi gata y a mi perro. Yo debía haber traído más agua".

De nuevo sola. Imaginaba qué podían estar haciendo en ese momento las personas que vivían en aquellos lugares apartados. Vio luces en los portales de las viviendas.

¿Tendrán caballos u otras cosas para salir a comprar los víveres o por alguna contingencia? "Quisiera que cayera un aluvión para que refresque. No sé bien si esta ventanilla cierra, por lo general van abiertas a toda hora. Lo menos que imagina tía Pupy y Mariano es que llevo langosta y carne roja. Quizás si le cuento a Mariano redacte alguna crónica para su columna en el semanario, o escriba un cuento yo; tema ya hay para escoger y personajes. Disfruto tanto escuchar a la gente; sus motivos, sus mundos".

La noche se desplegaba calmosa. El manto negro apuntillado de lucecitas. La luna oronda, no voy a seguir con ella, no quiero parezca esto un romance.

Se sumergió en la endeble sombra luminosa del tren, que se reflejaba en la hierba volátil. Una parte de los campos dormía, otra, sale a vivir. Así permaneció largo rato.

Cubana, esa misma luna platanito es la que ves desde tu patio. "¿Fíjate a ver Lunita, si dejó la puerta de la terraza abierta?, a veces… Este mes hay encuentro en Biblioteca Nacional. Pronto será… tengo que terminar el proyecto investigativo. Creo que me voy a meter de cabeza en el Departamento juvenil, tengo algo rondándome en la sala de los niños. Me gusta tanto mi trabajo, que no me arrepiento de haber dejado el magisterio; metida en un aula ocho horas, que va, no lo hubiera soportado".

Sintió que la sandalia patinó debajo del asiento. Al mirar, advirtió la jaba del riesgo sobre un charquito. Pausadamente bajó de la parrilla el gusano. Extrajo una toalla. Lo regresó. Sacó de la jaba los dos paquetes forrados con nailon y cubiertos con periódicos: Granma; todo empapado. Por encima de estos mismos puso la toalla. ¿Quién lo diría Nené?

—Me lo dijo Adela … —tarareó bajito ese tema musical del año de la corneta–. La acomodaba de nuevo cuando irrumpió el policía del inicio.

—¡Eh!, ¿te mudaste pa acá? ¿Se te viró algo?

—Descongelándose por el calor. Llevo unos parguitos para mi hijo. –contestó sin mirarlo, mi tío es pescador, de una cooperativa –anexó lo del tío por sí las moscas–. Un detalle, sabe que él es fanático.

—¿Puedo sentarme? –haciéndolo–. Gracias por guardármelo. Ya veo; ¡oye, lo del mar no puede esconderse!; ¡él solo se descubre!, ¿me oíste? No es tanto el detalle. ¿Por qué no te dio más?

—Para evitar que luego ustedes crean que estoy traficando. –el hombre con cierta malicia terminó de enseñar los dientes.

—¿Tienes pareja?

—Hace veintidós años, y un hijo de veinte.

—Eres maestra.

—No, casi, soy bibliotecaria; he dado clases en mi trabajo.

—Supe lo de Dahir. Fuiste tú, ¿no?

—¡Qué clase de susto!

—Cuanto diera por encontrarme una mujer como tú, para rehacer mi vida. –no dejaba de mirarla–. Estoy como un perro callejero, solo, infeliz.

Ella mirándolo también: "Está hecho a mano", se dijo. Y lleno de garrapatas, ¿no? –ambos sonrieron.

–¡Qué graciosa tú eres!

–Vamos, déjate de hacer la rosca, conmigo no vas a ganarte ni un apretón de manos. He oído cada cuento de estos trenes. La gente les dice: "Día y Noche", como el serial policíaco.

–¿Sí?; por qué tú no me haces alguno, anda.

– Deja eso. ¿Qué te parece Luna, la cartomántica?

–Una luchadora con talento.

–¿Nunca te ha tirado las cartas?

–Fíjate, hoy mismo me senté con ella, le aseguré que le pagaba y todo. ¿Tú sabes lo que me dijo? Vamos, bajando, que tú no eres de este mundo. Se quedó soltando humo y con una jerigonza, como si viera a un muerto.

–Claro, no quiso verte porque eres policía y ella, una traficante de ilusiones.

–¡Qué bueno te quedó eso!, pues mira, dicen que desembucha verdades.

–¿Cómo es ella?

–Es una mujer bonita, alta, ni gorda ni flaca. Siempre lleva ropones coloridos hasta los pies. Usa argollas rojas grandes, cejas achinadas, una cadena con un crucifijo grande, dorado, de esos de tres por kilo. Tiene uñas largas, de las falsas, un montón de pulsos. Ah y sandalias con lentejuelas. El pelo negro, recogido en un moño, se nota pintado ya tiene cierta edad. Se ve sata, llamativa. Vaya, un personaje a tener presente.

–¿Cómo lo hace?

–Tiene una mesita redonda, mocha, inventada para eso. La pone sobre sus muslos. Una cosa que no sé cómo se llama, que suelta un humito. Fuma un tabaco corto, suena a cada rato una castañuela sin ponérsela. Ah, tiene el seseo de española, no sé si será de allá o, es un espíritu.

–¡Oye eso!... Por favor, no te molestas si me dejas descansar un ratico, pensando lo que falta, ya estoy agotada. Es como si fueran veinte mil leguas de viaje submarino.

–No jodas, ¿ya hay turismo por el mundo en submarinos? No sabía.

Elena lo asimiló como un chiste. Era un hombre blanco, de esos que se elevan en cualquier grupo, bien armado, con pelo azabache salpicado un tin de gris, generándosele algunas arrugas en la comisura de sus ojos inquietos, se le asomaban los vellos de una escasa barba, los dientes ligeramente asomados aun sin hablar, de cuarenta largos, debía haber cursado, aunque sea, la Secundaria. Lo miró sonriente y le dijo:

–Claro que hay turismo en cruceros y en submarinos, pero en otros países. "¿Quién será este tipo?".

Cubana, abriste una sonrisa picaresca, comprobaste que el verdadero submarino causante de tanto bla, bla, bla con el policía, era la jaba fortuita que los escuchaba desde abajo.

–¿Te llamas? –dijo con su índice simulando un revolver.

–Elena y ¿tú?

–Víctor –de súbito le sujetó la mano izquierda, fina y salpicada por algunas pecas medianas, color café con leche. Mirándole fijamente dijo: –¡Qué mano tan delicada! Tu marido es quién lava, ¿eh?

–Sí, yo soy la princesa Sofía.

–En cuanto te vi supe que eras especial. Estoy derretido por ti, Sofía. Amor a primera vista; te lo aseguro.

A ella se le subió una llamarada que la hizo más joven y atractiva. La mirada de aquel a quién derretía era a ella, aun así, recogió la mano, diciéndole:

–Quédate si quieres y nos cuidas. Estoy atacada con los aconteceres. ¿Será que puedo pegar los ojos un ratico?, es que madrugué.

–Duerme mi bella Sofía. Yo y mi espada cuidaremos tus dulces sueños. –con mimosa voz.

Elena se reacomodó. "Parece buena persona, es agradable, pero no tengo ganas de hablar." Viró su cabeza hacia la ventanilla. Al menos, acompañada por el policía se evitarán nuevos incidentes. Afuera, la oscuridad envolvía al mundo. Un sosiego suave recorría el coche. Solo el vibrar de la mole al pasar por la unión de los raíles.

Ella ausente, casi cegada se extravió en sus neuronas desfallecidas. Con el nocturno la mayoría duerme y para abordar son mínimos. El coche en general con poca iluminación.

Víctor colocó la gorra sobre la portañuela. Se cercioró que los vecinos del lado de allá del pasillo, como los bejucos y fuera del momento. Se volteó quedando de espalda a aquellos. Sus ojos la devoraban. Rodó la gorra. Abrió el zíper. Con la gorra cubrió el mástil. Estaba fijo en, sabrá Dios, en qué parte del cuerpo de Elena. La respiración desatándose. Ella se volteó. Todavía ausente del minuto quedó de frente a él. Este dejó su miembro al descubierto. La gorra cerca por si había que correr.

El jadeo de Víctor produjo que se rasgara el hilillo que sostenía su frágil sueño. Entre la penumbra ella lo reconoció. "¡Qué equipo, madre mía! ¿Buena persona?". Por el filo de sus párpados acechaba la escena. Víctor con toda suavidad, nada de apuros, masajeaba su aparato, y medio adormecido pronunciaba casi imperceptible: –Ele, Elena.

A ella se le cortó el resuello. ¡Dios mío, ¿qué es esto, grito!?" Sin embargo, comenzó a cautivarle el acto. Víctor medio narcotizado le tomó la mano, se la besó muy suave. Aquella acción se convirtió en otro resplandor, que proyectó el secreto escondido en su Caja Negra. Irrumpió la imagen de Leticia. Seguía estremecida de la cabeza a los pies.

Uno cree que hay instantes vividos que se borran con los días, pero cuando menos lo sospechas se asoman. No se sabe de dónde, en cuál gaveta, en qué carpeta estaban; aquello que se queda impreso, cifrado, aparece como un haz de luz que se dispara. Un resplandor que te abre la vista a otro existir. Una racha que proyecta escenas anidadas en escasos minutos. Puede ocurrir en vivo o regresan en sueños, y tú te quedas deslumbrado al despertar. Ahí es cuando en verdad lo recuerdas. Antes del relámpago parece que no fueron.

Elena sentía la lengua serpenteante de Víctor sobre su mano. Dejándole saliva en ella. En ese segundo viajó a la velocidad de la luz, no al pasado con Leticia, su excepcional amiga, sino al ahora; comenzó a bajarle una agüita del cuerpo. Víctor parecía en otra galaxia. Colocó la mano de Elena sobre su pene. Primero, lo aplastó con ella, comprobó que la víctima no daba señales. En otro soplo, le cerró la mano, abrazándoselo, y puso las dos de él por fuera de la de ella.

De este modo, supongo terminó el pretendido coito que realizaba; vaya usted a saber. ¡Qué tipo, caballero!

A Elena le agradó aquella serenidad desconocida. Sentía el vibrar del macho copulando. A decir verdad, se le hizo la boca agua, de aquella forma diferente, cálida y, sobre todo delicada.

El resplandor le devolvió también su primer amor de adolescente.

No sabía qué era eso: brincos de estómago, destilaba chorros, manos tiritonas, y sin poder mirar al profesor José Carlos, de Educación laboral. Solo oía la clase, por suerte de aquella asignatura fácil, porque con los síntomas hubiera desaprobado el año. Lo ocultó lo más que pudo. "Mi corazón se me subía al pescuezo. Qué fuerte era aquello. Supe que él se dio cuenta, un domingo que estábamos de campamento: Escuela al Campo, fue su novia a visitarlo. Los vi abrazados en medio del rancho-comedor. Me sorprendí tanto, que, pasé casi a galope frente a ellos. No los miré, pero parece que él vio algo".

Desde el albergue, por una ventana que entreabrió, los observaba. El profe no tenía motivo para estar frente a la novia y no perder de vista el recinto. Lloró suavecito. Ya su familia se había marchado. Los vigiló hasta que se besaron, y la joven se marchó en una bicicleta. ¡Qué tristeza muchachita!

"Casi muero, al decirme Anita, que el profe José Carlos decía, fuera al comedor. Yo no sé cómo tuve fuerzas. Flotaba en el espacio". Ya frente a él susurró: Dígame profe, entonces él: Nada, quería saber si estabas bien, ella dijo que sí.

Su cuerpo, como hojitas que revolotean por la brisa y los ojos sembrados en el piso, ahí él profe le dijo: Eres todavía una niña. Vas a entenderlo cuando seas más grande. José Carlos le palpó el cabello con una ternura que ella desconocía, y que le gustó mucho.

"Salí de nuevo volando para el albergue, con el susto más grande de mis años en el pecho. Aquella noche cero películas. Dale, dale, cuéntanos alguna, dijeron las muchachitas, no me convencieron. Convertí aquella mínima escena en un largometraje solito para mí".

Como de su maíz ni un grano, se refugió en los estudios y adiós Lola.

Su primer sexo fue con un novio de dieciocho, él en doce grados, ella en onceno, en un preuniversitario en Artemisa, apenas con tres meneítos en su vagina, eyaculó y le dijo: Niña, qué rico es esto, ¿tú también, ya?, ella dijo que sí por vergüenza.

¿Cuál era el ya? ¿Esto es hacer el amor? Yo no sé de qué sangre hablan, sobre la primera vez.

Luego, experimentó con su espejito en el baño de la beca; cuando todas dormían. Las chicas contaban de sus "venidas" (y hasta varias veces), con sus novios a ocultas. Lo mismo en el sótano del edificio docente, dentro de los platanales en el horario de campo, o, en las escapadas de sus casas con los novios, el fin de semana del Pase.

Ella supuso que, estaba enferma o no servía.

De todos modos, quiso experimentar, en consecuencia, entraba y salía del "Triángulo de las Bermudas" ilesa, satisfecha. Comprobó que sí servía. Sí qué era rico, ¿eh? Como la fiestecita le gustó, al irse a bañar en su casa, ocultaba dentro de la toalla el vánite; un cosmético redondo con un espejito que vendían; tenía un polvo compactado—seco para eliminar el brillo de la cara.

Cubana, ni muerta cuentes algo sobre tus meneítos, ¿oíste?

Tuvo otros enamorados, boberías sin importancia, muchos besos y "mates"; así se conocieron los lenguazos hace un tiempo atrás. Sexo corriendo no se disfruta, era su conclusión, de acuerdo con sus sentires. Hay quienes prefieren el susto de la corredera. Nadie es igual a nadie.

Ahora mismo, regresando al tren delirante, Víctor logró un exquisito orgasmo que sobre abundó. A la vez, lo hizo despertar del idilio. Separó la mano de ella toda embarrada. Guardó su miembro sin limpiar —todavía como un pino—. Sacó un pañuelo y con toda la delicadeza del mundo limpió la de ella, dejándole mimos sobre sus pecas, y diciendo en medio de aquella chifladura: —Gracias, Elena. La intención de esa frase la has oído en otra ocasión. Víctor se puso de pie. Miró a los otros, dormidos o sosegados. Mirándola de nuevo sonrió gozoso. Se marchó a dar una ronda a los coches delanteros. Hay penumbra en todos, no se sabe si las luces están rotas.

Al marcharse Víctor, ella se expandió. Llevó la mano impura a su nariz. Se quedó husmeando. Creo que ese hombre te sacudió la prohibición. "Esta circunstancia llevaba esa suavidad, quizás también sea un salvaje, aunque no, me pareció natural en él. ¡Qué acertado Papacito! ¿Qué huevo lo habrá puesto? Creerá él que no sentí nada. Todavía no creo que me esté pasando esto a mí. Otro capítulo del serial, por esto se han ganado tanta fama estos trenes."

Elena, ¿te acuerdas de los incidentes novelescos que se ocultan en tus gavetas, rememora alguno por favor.

La pelea más temida

Un domingo fui con una compañera de trabajo, sus niños, en el auto del esposo, al Parque Nacional La Güira. Yo era soltera. Allí conocí a un joven trabajador de la Base de Campismo situada dentro del Parque. Conversamos bastante, muy simpático, era de esos hombres que incitan a los excesos. Después, vino en varias ocasiones a la Biblioteca. Comenzamos a enamorarnos. Como era de un pueblo llamado: Los Palacios; cerca de la Güira, en la provincia vecina, no nos veíamos con frecuencia.

En una ocasión me llevó a conocer su familia. Vivía con sus padres, resultó que, solo su abuelo, bastante viejito. Cada vez que venía a Artemisa, cómo es lógico iba a mi casa. Pasaron cerca de ocho meses. En ese lapso, aprovechábamos que a él le tocara la guardia obrera en el Campismo, si era fin de semana me iba allá, y la pasábamos muy bien.

No había teléfono en su trabajo ni en su casa, tampoco yo, quedamos en qué siempre me llamaría al de mi trabajo. Lo hacía desde una oficina en su pueblo, donde trabajaba una amiga. Podía llamar a Susana para cualquier recado, pues él tenía que pasar por el trabajo de ella de regreso a su vivienda.

Supe que le gustaba practicar deportes, en especial kárate, con reconocimientos. Me dijo en aquella ocasión que tenía competencia nacional por una semana en Villa Clara. Se iría un lunes. Hablamos el domingo desde la Biblioteca. Todo de maravillas, muchos besos telefónicos. Insistió en que la pelea más preocupante era el lunes, con uno de Oriente, que por su fama era buenísimo.

El lunes, antes de las cinco e irme a casa, se me ocurrió llamar a Susana, por rutina, para saludar. Me comuniqué con otra persona que me dijo, que se fue temprano porque hoy se casaba su amigo Pepe, y ella era la madrina. El corazón me dio un vuelco, reaccioné: ¿Pepe el del Campismo. Claro, dijo el hombre. Está bien la llamo mañana, terminé yo. Me quedé como el que se despierta de una pesadilla. Regresé a la oficina, ya vacía y lloré. Volví a mi casa tarde y –cero al cociente–no tienen que saber todavía.

Al siguiente, Susana fue la sorprendida al yo preguntarle cómo había quedado la boda. Trató de confundirme. Le dije que lo sabía todo, –no hay vuelta de página–y que él me lo había confesado el domingo, también, que no me importaba. Ella respiró tranquila, dijo, que sentía pena por mí. Aproveché, dándole palique, extrayéndole los temas que me interesaban, abogando que, ya que era mujer como yo podía reivindicarse explicándome al menos; con quién se casó, datos del noviazgo, sobre la boda y cuándo regresaban de la Luna de miel.

Ahí supe que la novia era oriental, de una familia emigrada acá, entendí que esa era la pelea temida del tope, y que no estuvieran los padres en mi visita.

El retorno sería el próximo lunes. Él vivía en el segundo piso de un edificio. Partí hacia su pueblo. Era mediodía. Le pregunté a la de los bajos... argumenté que era trabajadora del Campismo, que lo procuraba por un asunto de trabajo, y como me dolían las piernas... si sabía si ya habían regresado, para no subir escaleras por gusto. Me dijo que, los esperaban a la tarde. Y, ¡qué buena quedó la boda! Ese Pepito lucia lindo, de blanco también – entonces yo continué: ¡Qué bien! ji, ji, ji. Mejor ni en sueños.

Me fui a una cafetería en la esquina. Allí me mantuve hasta que los vi bajarse de un auto, cerca de las cuatro. Esperé un tiempo suponiendo saludaran, tomaran agua. No tenía la menor idea de qué pasaría. Puedo asegurarles que subí las dos escaleras como si fuera el Himalaya. Toqué con el corazón en la mano. Abrió, creo el padre. —Por favor con Pepe, es por algo del trabajo, ¿ya llegó? Sí, entre y siéntese. Pepe te buscan. —dijo el hombre y me quedé en la puerta.

Él abrió su cuarto. —supe que no sabía si salir a la sala o entrar de nuevo—su semblante gritaba enloquecido—. Yo lancé mi descarga: Buenas, ni entro, es rápido. Pasé para invitarte a mi boda el sábado próximo. —la esposa se le paró detrás, mirándome por un costado, al verla continué—, lleva a Liuba, no seas falso, no me invitaste a la tuya, yo al menos, vine para avisarte. —dio un paso al frente, ella lo siguió si no recuerdo mal, (me demoro más contándoles ahora que cómo ocurrió en vivo), aparenté estar como una verdura y tiré al aire: Los espero a mi boda y que la pasen bien. Me fui.

Llegué a la parada ahogada en llanto luego de tanto estrés.

La guagua demoró. Me hice ilusiones que a lo mejor se aparecía en la parada; esta quedaba lejos de su casa, nada. Luego me senté en un asiento que daba a una ventanilla. Miraba el crepúsculo bello; me refugié en la anochecida. El astro rey acababa de hundirse. Las olas de púrpura que lo seguían se derramaron también tras él, poco a poco, a manera del agua que desaparece lenta por una hendidura.

Se sentó a mi lado un señor. Como vio mis ojos, nariz y no era por coriza. —No sufras por alguien que no se lo merece, tiempo al tiempo.

No contesté ni pitoche; supo que quería permanecer en silencio.

Al día siguiente, para volver a mi trabajo tenía que atravesar el parque del centro del pueblo, la Biblioteca quedaba en una de sus esquinas, lo divisé en el portal, recostado a una columna. No eran las ocho. Llegué. Tenía apariencia cavilosa. Se puso como un soldado, en firme. –¿Tienes cara de aparecerte?, le dije, me fue abrazar y lo aparté. Deja el *show* y entremos.

Me esperó en la sala de adultos. Firmé mi tarjeta. Lo llevé a mi oficina. Mis compañeras del Departamento desaparecieron; imaginaron: "La guerra de los palmares". Estaba herida, con ganas de matarlo, pero me aguanté. A él se le aguaron los ojos al cantarle "las cuarenta"; ¡un actorazo!, me comenzó su *feeling* con cara de bolerista, a lo Cesar Portillo de la luz; que aquello era un noviazgo de tres años, que ya tenía que casarse porque fue su primer hombre, y para sellar: "Me gustan y las quiero a las dos". Yo salté: –¡Qué bonito!, él incorporó: Te lo juro por mi abuela que me crío y está debajo de la tierra.

No me aguanté, le embutí: –Sí, ya sé, es minera, –se sorprendió con mi chispa.

Celebró mi valor y mi decencia en la aparición inesperada. Luego saboree unos ricos besos que nos dimos. Nos abrazamos, como los que se despiden en el aeropuerto hasta no se sabe cuándo. Le pedí que no volviera, ahí me dijo, (desvergonzado)

–Sácame una tética, de las que me encantan, para dar un chupito por última vez.

Oyéndolo enloquecí. Se la puse en la boca que lo ahogaba. Reaccioné en unos minutos; suspendí la escena porno, diciéndole: ¡Arriba, tengo que trabajar!

Lo despedí en la salida, dejándole claro, que no me buscara, que siguiera su historia, buscaría un hombre que fuera para mí. Por la cara que puso pensó que eran alardes míos.

En lo adelante, cada vez que llamó a mi trabajo la orden era, que ya no trabajaba allí, si era algún hombre sin identificarse; entendió el mensaje. No nos vimos más.

¿Mariano te habrá arreglado la bicicleta con la que vas al trabajo? Dijo que iba a aprovechar. "Qué falta me hace, porque loma arriba no es fácil"

¿Recuerdas aquellas escenas saturadas de violencia que jamás de los jamases contaste a nadie? ¿Las revivirás ahora?

"Creo nos enamorábamos, pues los dos procurábamos cualquier minutico libre durante las clases para decirnos... (esto fue en la escuela formadora de Técnicas de Bibliotecas, en Miramar, becada), él me dijo que guardaba todos los papelitos que le ponía en su mochila, con frases, nada de copiadas muy sentidas por mí. Era de Alamar, un barrio capitalino. Sucedió que, en una ocasión me escapé por la tarde al terminar las clases, para vernos en la costa. No entendí por qué todo aquel momento agradable de besos, caricias, se transformó en una escena furiosa. Tenía más fuerza que yo, me desgarró la blusa del uniforme, – suerte que teníamos tres mudas–. Agarré una roca del arrecife y lo golpeé, como no entendía mi español... Aterrizó. Se apartó y huyó. Tuve que esperar que se hiciera de noche para que no me vieran en la calle. Llamar con una piedrecita a la ventana del socorro –esta escuela tenía un régimen disciplinario rígido, muy difícil que te concedieran un Pase. Nos escapábamos y si te cogía la noche fuera, ese era el único modo de entrar de nuevo a la escuela, las alumnas (expertas en yales) me abrieron. Nunca conté nada, mi madre me enseñó que las amigas lo hablan todo. Estuvo dos días sin venir a clases. Se le apagó el valor. Regresó y lo ignoré. Las chicas no entendieron. Oí versiones, algunas creyeron que me asaltaron. Nunca aclaré nada".

"En la sala de lectura de la Biblioteca Pública conocí a un joven, enfermero. Muchas veces conversábamos. Sacaba en préstamo novelas policíacas. No tenía que pasar por su casa al regresar del trabajo, pero como me caía bien...

Una tarde, al verme me llamó con un libro en la mano. −Para que me lo devuelvas mañana, ven. Ya en la sala vi que cerró la puerta y le pregunté. Me dijo que estaba solo y que deseaba conversar, intimar (capté rápido). Me encaminé hacia la salida diciéndole que era claustrofóbica (no era cierto), y no resistía verme... Me atacó por detrás, apartándome de la puerta. Ahí vino el forcejeo. Me percaté del olor a bebida. Comencé a huirle dentro de la misma sala. Sus ojos revoloteaban enérgicos. Me perseguía de igual manera por el comedor del inmueble. Hasta que fui a una ventana lateral. La abrí y lo amenacé; dije que iba a dar gritos al vecino para que supiera. Lo dije firme y bastante alterada. Se impresionó e hizo silencio. Hubo un cambio; comenzó a reírse y "actuar"; haciéndose el del chiste. "Te quería asustar", así intentó justificarse. Abrió sereno la puerta, pidiéndome disculpas, también, que enloqueció porque le gustaba mucho. En cuanto la vi abierta, me acerqué (si la cosa es de actuación), sonriente le hablé, aproximándome cariñosa. Lo empujé hacia adentro. Salí como si mis pies tuvieran alas, y el aguijón del terror bañaba mis músculos. A partir de ese momento jamás le contesté ni el saludo, si nos veíamos en la sala de lectura, o en la calle. Le hice la cruz para siempre".

Elena sonrió al recordar esos actos impetuosos. Está libre y redimida del ayer. Por eso ha concluido: "Y eso que no estoy buena, si llego a ser una "criollita arrebatadora" ni pensarlo."

Hasta que conoció a Mariano, siete años mayor que ella, divorciado. Fue en un Encuentro Nacional de Bibliotecas Públicas que se realizó en Miramar, en la Casa Central de las FAR. Las bibliotecarias expositoras se hospedaron por tres días en un hotelito próximo al lugar.

Mariano era un hombre que irradiaba una serenidad de milenios. Que infundía una seguridad que ninguna llave, alambre, destornillador, clavo, o invento criollo, nada en este mundo podía abrir. Por eso la sedujo, porque Elena siempre llevó un saco a su espalda repleto de inseguridad y puertas sin cerrar.

Mariano, en aquella época, salía para Angola como trabajador civil. Ella lo esperó. Se casaron al final del año ochenta y dos (Osmany nació en el ochenta y cuatro). Nadie sabe si las parejas se separan por caracteres, o porque no se resisten en la cama. Cada cual hace el cuento que le conviene. Apreció con él excelentes orgasmos, aunque, tuvo que transcurrir una temporada para acostumbrarse al ritmo fuerte de su proceder sexual. "Gracias Señor, por su paciencia conmigo"

Al final, logró convencerlo de que, primero lo logro yo, suave, te aviso, y después, tú me descuartizas si quieres. No importa el método; cada pareja tiene su obrar. Todo es lícito entre cuatro paredes; eso es más viejo que la escritura cuneiforme allá en Mesopotamia. Es que todo es cuestión de costumbres, eso es vivir.

Sabía por sus compañeras de trabajo demasiado expresivas que, por lo general todas las mujeres lo prefieren a ritmo candente. Ella es distinta y no comenta sobre el tema, ni esta boca es mía.

"Déjame comerme el pan con pollo, estoy por las nubes. El refresco debe ser un caldo, con estos calores, pero hay que bajar lo sólido".

Cubana, ya se te agotó el agua, y acabas de tomarte el refresco. Quedaste llenita, ¿pero también le metiste manos a uno con jamonada? *¡Jamaliche!*

"Si alguien me hubiera dicho que un tipo se iba a masturbar a mi lado, nunca lo habría creído y lo peor, me veo y no me creo, hasta me gustó".

En cada coche, los asientos 1 y 2 casi siempre van libres. Están retenidos para que descansen los policías (custodios del orden; la seguridad en el viaje), ferromozas, u otros encargados del control de los asientos y boletines, así cobran a los pasajeros que suben en cualquier coche. También algún otro personal que sea trabajador del gremio; ellos viajan gratis. De estar repleto el tren, dejan que los ocupen mujeres, niños, u otros casos.

Era la medianoche clara. Nubes ágiles pasaban ante la luna a máxima velocidad.   El tren aflojó la prisa. Casi sin detenerse abordó un joven y fue directo hacia su asiento. Debe ser conocido de los transportistas porque no vinieron a cobrar ni chequear nada. Llevaba todo vestuario y accesorios, extranjeros. Al sentarse, sacó un pequeño equipo de música, audífonos, y se sumergió al parecer en un ensueño, ah, levaba gafas oscuras.

"Qué excéntrico, y de noche, no se sabe hacia dónde mira. ¿Por qué aquí?", se dijo ella, entonces, *"Los marcianos llegaron ya, y llegaron bailando ricachá, ricachá, así llaman en Marte al chachachá"* —tarareó en su mente ese tema de la orquesta Aragón.

Los asientos 1 y 2 de este coche lo ocupaban una señora gruesa, con un perrito marrón, de esos que llaman de bolsillo. Imaginó que ella debe ser o tener alguna correlación con el transporte.

El perrito escapó de su sitio —sobre la rolliza, sostenido por una cadenita chula—. Fue con ladridos, directo a la jaba aventurera, intentando escarbar.

La mujer a puro dolor. Desde su puesto daba clamores por su Chinchila. Elena trató de pescarla por debajo de su asiento, nada; se le reviró agresiva. Supongo por el tesoro. Ella se levantó y dispuso: –Señora por favor, venga a recogerla.

El acompañante de Elena en ausencia total.

–No puedo, tengo calambres. Se me quita de una pierna y me empieza en la otra. –dijo la dueña.

–Es mejor que se levante. Tiene que cambiar de posición. ¡Párese, por el amor de Dios!

La corpulenta, virada hacia ella, clamó por el joven. –Dile al muchacho que me la traiga.

Elena le quitó uno de los tentáculos, digo, audífonos, al extraterrestre y le explicó... El joven se desprendió del otro, apartó el equipo y gafas. Intentó agarrarla. La perra se alebrestó; salió al pasillo ladrando sin pausa a los dos. Daba la impresión de una fierecilla ante dos monstruos. Elena descuidó sus estribos, viendo al joven haciéndose el majá pintón y no concibiendo un grandulón con miedo a una muestra de perro, extrajo de su mochila un paño mediano. Quitó al joven del medio y procuró al can; capturándola.

Chinchila interpretó: tortura; sus ladridos tipo ametralladora. Fue entregada a la dueña, que en vez de pedir disculpas o, agradecer la devolución, le reclamó: –No me la aprietes tanto, pobrecita. Elena prefirió no contestar. De regreso a su espacio, casi empujó las piernas del muchacho que continuaba en su posición y modo anterior; asimismo distante.

Se acordó de su hijo Osmany. Un joven estudioso, gente de paz, dice, que él si no cae en la ciberadicción, muy de moda. No le ha dado dolores de cabeza. Tampoco es enamoradizo; es muy selectivo. Anticipa su escala de valores. Tiene mayor empatía con ella.

Cuando Elena ensaya frente a él la presentación de algún trabajo investigativo sobre bibliotecas –todo el mundo sabe que, aunque el texto a exponer tenga cincuenta páginas hay que defenderlo en quince minutos, luego el jurado hace las preguntas, en diez–, Osmany se divierte con su dale para alante dale para atrás y, mejor digo esto, que se entiende mejor. ¿Qué tú crees, niño? –lo sigue siendo para ella–. Él le da chucho (burlas) con: –Disfrútalo Mamacita que esa es tu Discoteca. Entonces Elena le lanza por la cabeza lo que tenga cerca.

El pasajero sideral, sigiloso, se retiró todo, lo guardó, se puso su mochila y gorra. ¡Qué casualidad!, esta llevaba un ET impreso en la parte frontal. Se marchó. Solo él existe en su universo. Ella se percató que el tren iba recortando la velocidad, arribaba a Ciego de Ávila. "Qué bien, ya llegó a su destino."

A Elena se le ocurrió mirar debajo del asiento. La jaba alarmante rota, por un lado, pero no se salió nada. "¿A qué la boto, va?"

Cubana, hace rato que no pruebas una colita, te quedan muy ricas y un filete grillé no viene mal, no la botes.

De sopetón, una mujer cercana a su posición en alarma.

–¡Policía! Caballero, que alguien llame a la policía.

Elena quedó pendiente del pasillo. Un hombre pasó apurado, al parecer en la búsqueda de aquel. Al rato regresó junto a otro guardia. La alteración de la mujer hizo que casi todos se enteraran.

–Mi hijo y yo nos dormimos, ahora que me despierto veo que se llevaron mis tenis. Son blancos, de estreno, Adidas.

–Señora, por qué usted se quita los zapatos en un transporte público, donde hay noche y poca iluminación. ¿A quién se le ocurre eso?

–Ustedes van aquí para eso

–Señora, vamos aquí por muchas razones. No para cuidarle los zapatos a alguien que quiera dormir sin ellos.

–Registre, busque en este coche.

–El ladrón puede ser de otro. ¿Habrá que registrar todos los equipajes del tren? Por favor, señora, apréndase la lección. Lo siento, no voy a fiscalizar todo el tren por una irresponsabilidad suya.

–No tengo más zapatos.

–¿No lleva chancletas de baño?

–No sé en cual maletín las puse.

–Le sobra tiempo para calzarse. Lo siento. –se marchó.

La mujer bajo protesta comenzó a revisar sus equipajes.

–Tener que llegar a la Habana, después de tanto tiempo, en chancletas de andar, porque no tengo más zapatos, –y terminó aquella, a voz en cuello–: ¡Esto no es fácil, caballero!

"Abuela, corre, se me chorrearon los zapatos –gritó Gilbe, el primo menor, al mirar sus mocasines plásticos. La tarde anterior habíamos ido al pueblo, a la recién inaugurada Heladería. Abuela lavó todos nuestros zapatos. Él quiso que se secaran pronto y cambió de lugar lo suyos. Los puso muy próximos a la caldereta donde se cocinaba el sancocho del puerco. Su edad no le dio para imaginar lo que recogería al final; dos tortas grises, por el calor desorbitante del cocinado. Lloró mucho aquella tarde, y como no había otros, tuvo que regresar a Artemisa en chancletas de baño. Nos prohibieron a todos los primos mirar a sus pies, o hablar sobre el tema, y así lo hicimos"

Elena inspiró fuerte para aquietarse. En ese lapso, con recuerdos de su niñez, reapareció también en su corazón la tribulación familiar relacionada con este tipo de transporte, aunque, no por ello ha dejado de ser su favorito. "Mira que resucitar aquella tragedia ahora"

Osmany tenía ocho años cuando el padre de ella murió, en pleno Período Especial (1992). Sufrieron mucho la perdida. Aquel le dijo a la madre de Elena que no resistía leer la prensa... avisaban, condicionaban el pueblo para La Opción Cero: comida colectiva por cuadras o CDR, etc. Lo habían jubilado por edad – sesenta años y con sesenta pesos cubanos––, eso fue lo que llegó a costar un jabón para lavar ropas, en aquellos días. Un dólar representaba 150 pesos cubanos.

Por eso escribió este homenaje a su padre y al único billete de un peso que tenía en su bonita billetera. "¿Por qué escogiste ese final, papá?, tanto que añorabas un nieto, te lo di y no esperaste a verlo crecer".

Un peso por veinticuatro horas

A mi padre, que nos advirtió a todos
que se iría y no le creímos

No sé dónde me hicieron, si en Suiza, Canadá o en la Habana, no lo recuerdo. Mi verdadera consciencia comenzó en el Banco Popular de Ahorros. Un cajero con su mano aplastándome vaticinó, acertó, poner esta cualidad en mí: ¡Este es el que habla!

Me fui a las ocho de la mañana del Banco en la cartera de una pensionada. Me quedé a cuatro cuadras, en una farmacia, vi a una señora pagar un bulto de medicamentos. Salí de allí antes de las diez, en el bolsillo de un tipo que debe tener un puñado de días sin bañarse. Desde aquí lo oigo debatir con otro; que está obstinado, que no le alcanza ni para comer, y que tendrá que echarme pa lante, con el 29. Me gusta apuntarlo para hoy, quizás me lo saque en la bolita y mañana sorprenda a mi mujer con unos cuantos jabones, así comentó el de la pestecita con su amigo.

Dijo también, que la astilla se la dejaba a ella; que no quedaba más remedio que seguir con el jabón angolano; agua, trapo y mucha mano. ¡Me encantan los cubanos! Cómo aprendo con ellos y los disfruto. Qué frialdad si fuera una libra esterlina. Qué salación si fuera uno de cien dólares y ¿en Cuba?, ¡fajatera de familia al seguro!, mejor lo olvido. Total, si no duro casi nada y menos, de papel, entre tanta gente, de mano en mano. ¡Qué lindo es servir a otros!

Aquel hombre me dejó donde Kike, el boletero, en su cajita de recogida de números. De ahí me sacó su nieta, sin que él lo notase, y junto con otro, compró un barquillo de helado en casa de Manuela. Ya eran las cinco de la tarde. Luego me veo en una mano

"

que apestaba a petróleo, de alguien que pretendía lanzar, el fogón Pike al patio. De pronto alguien voceó: −Trajeron la jamonada.

Por eso me vi en la embarradera criolla del mostrador de la carnicería. Allí duré unos minutos. Me colaron en un vuelto. Fui a parar a un senito sudoroso, por este agosto de fuego. Debe ser su chico quién me apretó suave. Lo vi besarla. Y unas voces bajito de: Esta noche. Sí, donde mismo. ¡Uy! me caí en el baño al ella desvestirse. ¡Qué cuerpecito! Luego la chica me colocó sobre el refrigerador. Allí pasé toda la noche. Miraba como el techo de madera no aguanta otro ciclón como el anterior. A la siguiente mañana regresé a la bodega donde el pan. De allí me pusieron como vuelto en una elegante billetera, vacía. Serían, casi las nueve de la mañana.

Oí un ruido fuerte. No comprendí qué ocurría. Se ha caído al suelo. Creí que lo aplastaron, aunque no vi sangre. Esa mole que llaman tren terminó con mi dueño, de momento, hasta ahorita sonreía. Me enteré por los curiosos que lo conocen, que el señor anunció que tampoco podía más.

El policía apartó a todos. Revisó la ropa del cadáver para la identificación, y dijo: −Es extraño que no haya sangre en este tipo de accidente.

Al sacar la billetera elegante, fantaseó. La abrió, quedó atónito, solo estoy yo. Haciéndose el de la vista gorda, me pasó a uno de sus bolsillos, desocupado. Apartó la billetera, quizás para entregar a la familia. Pobre policía, no sabe que lo he visto todo, todo.

¿Será por el karma?

El padre de Elena se lanzó frente al tren: Habana–Pinar del Rio que pasaba cerca de la casa familiar. Se los anunció y como estaba bien, no le creyeron (nunca tuvo episodios de depresión). En la familia del padre ha habido casos, pintorescos.

Tuvo una tía madrina que la bautizó en la iglesia católica al cumplir un año. Sucedieron eventos con su madrina. Elena fue la única niña en el planeta que la vistieron el día del bautismo con dos batas. La madrina se encaprichó en ponerle una encima de la otra. Las había confeccionado ella, dicen que bellas. Nadie pudo oponérsele, y el consuelo fue que, *La niña no se va a enterar.*

Cubana, creo que ahí comenzó la patología de los ríos que expulsas. Hizo este relato en homenaje a su madrina querida.

Las Cartas

Avisaron a la casa cayendo la tarde, dijeron que fue por un Infarto y con sesenta años...Estaremos todos de velorio. Mañana será el sepelio de tía Julia, también mi madrina de bautismo.

En la funeraria ya la vestían cuando llegué, tía Marta me haló, nos apartamos, como si los otros no debieran enterarse, portaba una bolsa de nailon verde en la mano, y en tono bajo me dijo:

–¿Qué tú crees, le pongo las cartas en la caja o no?

–¿Cómo, qué cartas tía?

–No...creo que es mejor que te quedes tú con ellas, no tuvo hijos y de todos los sobrinos tú eras la favorita.

–Pero ¿qué son esas cartas?

–Tú sabes que ella tenía su problemita, –señaló con el dedo su cabeza, –le dio por escribir cartas a aquel único novio, y como él nunca respondió las primeras, el resto son éstas. Me las daba para que las pusiera al correo. Las guardé, hay unas abiertas, dicen con exactitud los mismo, ella tenía la ilusión de una respuesta o que vendría por ella.

Sentí aflicción por Madrina, nada agresiva, no se quejaba. Se me disparó la curiosidad: –No tía, es mejor que no "las vea", que se vaya creyendo... le mentiste.

–Sí mi hija, peor que se enterara que aquel hombre era un infame, la engañó, luego desapareció. Mi marido trató de localizarlo por la dirección... no había nadie, y gracias que una vecina le dijo, que era casado y con hijo, ya, no hubo que buscarlo más. Por eso las empecé a guardar, por si algún día volvía a ser como ella era antes.

Fue bastante para asimilarlo de "sopetón" y las coloqué en mi bolso.

Quise hilvanar la historia de madrina.

Tendría como veinte y nueve años, tímida, muy hacendosa, cosía para la calle, de las seis hermanas era la que quedaba por casarse. Nunca se separó de su hermana Marta. No era bonita que encantara ni fea que espantara. Una mujer dulce. Conoció a Rafael de treinta y pico, un día, devolviendo unas costuras a la vecina llegó él, interesado en un motor o turbina para un pozo. Se miraron varias veces. Ella quedó impactada por aquel hombre torreón, con una voz, de esas de los que dicen versos en la radio. Después ella preguntó a los de la casa; no le conocían. Al parecer ellos le informaron al visitante detalles de su curiosidad.

"Ni corto ni perezoso", se apareció un día en la casa buscándola. Ella lo atendió cortésmente, le ofreció un jugo y conversaron en la sala.

Así comenzó a visitarla, una vez al mes. Los familiares se la comían a preguntas; era demasiado discreta. Sólo que vivía en otro pueblo.

Ella se convirtió en otra persona; se hizo un corte más juvenil, se sacó las cejas, se hizo dos vestidos, compró esmalte para las uñas y todos contentos: ¡Al fin un enamorado!, decían. Era un hombre correcto, tendría dinero o tierras, pues para algo quería el motor del pozo. Siempre traía una jaba con muestras; frutas, viandas, carne o algún presentico para ella. No intimaba con los de la casa.

Como había sobrinos pequeños, solos como tal nunca, aunque los adultos se fueran al fondo. Madrina era tímida y él le hablaba bajito que los demás no se enteraban.

Un mañana, ella muy arreglada, hizo un viaje a casa de una sobrina que vivía en otro municipio. Los demás imaginaron.

Regresó tan pero tan feliz que suponían que pronto habría matrimonio.

Al siguiente mes, no vino. Ella entristeció y marcaba los días en el almanaque.

El próximo llegó muy sonriente, demoró en irse.

Al siguiente no vino. Ella le había dado un número telefónico de un vecino, para que avisara. Se quedó a la espera.

Pasó otro mes. Ella inventó otro viaje al mismo lugar, pero demoró demasiado. Ese día viró muy pálida. Al día siguiente y el otro, no dejó la cama. Nadie entendía. A la semana volvió a la normalidad. Si ella no quería hablar, no había Dios que le sacara una. Conversaba lo necesario con las clientes de la costura.

Después vino la temporada de redactar cartas para Rafael. Mandó, dos y no hubo respuesta ni retorno, al parecer se recibían.

Ya después, escribía una al año (el día del mes que la visitó por primera vez) y se la daba a tía para que la mandara.

Cada mes que pasaba se marchitaba aquel ser. Se deprimió, comía muy poco, guardó la máquina, bajó de peso, ya ni planchaba toda la ropa de la casa, como a ella le gustaba. Era un espectro. En contra de su voluntad, la llevaron al psiquiatra. Le pusieron tratamiento, tampoco contó al médico ni a su hermana el porqué de su tristeza profunda.

Los medicamentos primero, la tuvieron en cama por meses, después, se levantó y era una zombi. Pasó un tiempo largo, se incorporó y se volvió un "pulpo de trabajo", lo hacía todo en la casa, hasta atender a los niños, tía Marta sólo tenía que acostarse con el marido, el resto, lo hacía Madrina. No volvió a coser y si venían visitas, aunque fueran familiares se ocultaba. Todo el mundo se acostumbró a sus mañas.

Me fui para el portal de la Funeraria. Tía fuera de todo aquello. Sentada en el muro abrí el paquete, en efecto, había algunas rajadas. Revisé y decían todas lo mismo.

Pensé que aquella repetición era muestra de su poco juicio. Me llamó la atención una sin abrir que decía por detrás: Esta es la última.

Ya tía me había adelantado que se aburrió y no escribió más. Abrí y tenía la siguiente nota:

"Estoy arrepentida de haber matado a mi hijo, no escuché a Dios sólo a ti. Soy una criminal. Te entregué mi virginidad porque me prometiste casarte conmigo en cuanto cobraras un dinero… tú debes haberte casado ya, pero la vida se encargará de cobrarte este daño que me has hecho. PREPARATE, te vendrán días malos, peores que los que vivo yo".

Ahí terminó sin despedirse.

Dios, ¿por qué tía no abrió esta?, hubiera podido ayudarla, se hubiera evitado… Esta fue la causa. –mi sangre que es un poco la de ella, sentía la furia de un huracán arrasando una isla.

No pegué un ojo en toda la noche. Después del sepelio llegué a mi casa, me bañé, me tiré en la cama; qué va, no podía. Me vestí de nuevo y salí rumbo a aquel pueblo con todas las cartas a tratar de encontrarlo.

Busqué la dirección por el sobre, fue fácil. Me abrió un señor, mayor, así como Madrina, y me dije: Este es el hijo de…

–¿Usted es Rafael?

–No, soy Rolo su hermano –me neutralizó y seguí–. ¿Él vive aquí?

–No, él vive en la finca: "La mal querida", usted ¿lo busca para?… Digo, si puede decirme.

–El caso es que vengo por estas cartas –le enseñé una–, qué tiene a él de destinatario en esta dirección, ¿puede decirme cómo llego a la finca?

–Ah, las cartas, sí, yo sé, hace años le mandaron dos, se las entregué, como no llegaron más, un día le pregunté, y me dijo que eran de una novia de otro pueblo, él era muy enamorado, parece que la muchacha había enfermado (se tocó la sien), hace rato. El pobre está sufriendo mucho la pérdida de su único hijo, hace poco, en un accidente de moto –lo interrumpí.

–¿Me dice cómo llegar?

Casi a la hora, ya frente a su casa vi la puerta cerrada; toqué. Me asomé por la persiana abierta. Una mujer en bata de casa, despeinada, balanceándose. Advertí que era una persona poco frecuente, como ausente. De pronto se asomó un hombre y me dijo: –Un momento, le abro enseguida.

Ya abriendo, lo miraba todavía desde afuera. –él susurró–: Todo tiene que estar cerrado con llave. –ya abierta, siguió frente a mí–, la última vez la encontraron con hipoglicemia, dijo que buscaba a la mujer que mató a su hijo... la pobre, es mi esposa, perdió la mente con el accidente. –hablaba en tono bajo–, dígame, ¿qué usted desea?

Lo miré en una ligera pausa y me acordé: "No hagas mal a nadie que el tuyo viene caminando".

–Estas cartas son para usted, las hizo mi madrina que no pudo recuperarse de su traición. La enterramos hoy. Fíjese bien, hay una última donde se despide. No le digo más, porque ya veo que usted sabe, lo que es vivir con una loca y que le maten a un único hijo. –él lucía petrificado.

Lo despedí así: –Tómelas. "La letra con sangre entra", adiós.

Elena viró su espalda, salió al camino extenuada y muy tranquila, después de que el hombre tuvo la bolsa verde, con las cartas de su madrina en las manos.

No debo hacer extenso el discursar de la familia Luz. La costurera–madrina fue solterona y perdió el güiro por un novio (como ya leyeron). Hubo que aplicarle electroshock para borrarle la cinta mental. Otra tía, Cori, tuvo una psicosis puerperal que se agravó con la muerte de su primera bebé. Al año y pico concibió otro embarazo. Todos creían que ya estaba bien, normal... (ya sabrán, en esta historia Elena es Yeni).

Después de la tragedia, Raúl determinó mudarse para Artemisa. La nueva casa llevaba arreglos, pero valía la pena; en un lugar céntrico, era espaciosa y cerca de su familia. Lilian, su mujer, le prometió no hablar más sobre el asunto.

Los cuñados de Raúl le ayudaron. A los dos meses, todo listo. Lilian se veía recuperada e incluso eso de mudarse, ayudar al esposo, y los sábados o domingos preparar meriendas, almuerzo, a veces, iban sus cuñadas, la música y hasta una botella de ron; todo contribuía a que se viera feliz.

Cerca del año, le anunciaron a Raúl una misión internacionalista para Haití.

—Dale, así podremos hacernos de otros electrodomésticos. ¿Qué tú crees, si empiezo a trabajar?

—Creo que debes esperar que yo regrese. La escuela primaria le da dolor de cabeza a cualquiera, al regreso valoramos eso. Voy a decirle a mi sobrina Yeni que se mude contigo.

Saliendo Raúl para Haití, le empezaron los vómitos y desapareció la menstruación. Ellos conversaban los domingos desde el Punto Wifi. Después del cuarto mes fue que ella le comentó. —entonces él: —¿Qué haces que no has ido al médico?

—Tengo miedo.

—Miedo a qué, viene un bebé en camino, ya, esa es la causa, que el domingo próximo me des la noticia.

Se quedó preocupado. Le certificaron: embarazo de feto único, buena vitalidad, de cuatro meses de gestación. Hicieron la captación del embarazo, días de consultas y demás.

Raúl por su parte llamó a la hermana más íntima, le comentó. Fue así como la familia lo supo. La veían a menudo, pero nada. Tampoco advirtieron la barriga. Entonces él le dijo que por favor se mantuviera al tanto y le informara cualquier anomalía de parte de su esposa, y que no tenía un motivo para renunciar al trabajo.

La cuñada la requirió y ella se justificó: –¿Y los malos ojos de la gente? Voy a ocultar la barriga hasta que ya no se pueda. Después del parto, que vean la niña.

–Ah, ¿pero es niña?

–Claro, desde el primer día se vio, no le dije a Raúl por si se equivocan, de todas formas, el regresa cuando la bebita tenga dos meses.

Todo marchó bien. Fue un embarazo sano, aunque ella no informó a la doctora, sobre lo otro. Cambió sus ropas por otras más holgadas; no usaba bata de maternidad. Los familiares se convencieron de que era fanatismo o prejuicios de ella, ocultarlo. En la etapa final del embarazo no salía, ni al portal.

Comenzó en trabajo de parto un amanecer. Se mantuvo calmada, además había leído bastante sobre el tema. Esperó a que la jovencita se fuera a la escuela. Recogió el bolso con todo, alquiló un taxi y fue a urgencias.

Tuvo un parto excelente. Ya anocheciendo le pidió de favor a una acompañante de otra parida que llamara a su familia. Ella ubicada en la sala de puérperas con bebita en brazos, y su familia preocupados por la ausencia. Se armó la corredera, le llevaron comida, flores en nombre de Raúl que ya había dado las instrucciones. Después la requirieron, que por qué no avisó. Como la bebita nació en la mañana y todo perfecto, le dieron de alta al siguiente día, después de inscribirla como Reina. –Así le puse, esa es mi reina. –dijo tan feliz.

Lilian parecía que no había parido. La bebé tenía una "mata de pelo rubio miel" con ondas preciosas, ojos de añil, Raúl los tenía como los retoños, y ya le podían poner hebillitas, la verdad es se veía como una muñequita.

Suplicó que no necesitaba acompañantes, sólo Yeni. Si necesitaba algo avisaría al resto. Lilian demasiado obsesionada, no dejaba ni que Yeni cargara a la bebé.

Los domingos iba conectarse y la llevaba. La vestía con baticas que parecía una mujercita en miniatura, a veces exageraba. Raúl, contento porque Lilian se había recuperado y atendía amorosa a la niña.

Raúl adelantó el regreso. La pequeña tenía un mes y días. Prepararon una comida especial para recibirlo. La casa se veía nueva. Ella no fue en la comitiva al aeropuerto. Luego hubo un abrazo dilatado en el portal. Raúl, desesperado fue a ver a su reina, y quedó agradecido de cómo dejaron la casa, en especial su cuarto; lucía como los de hotel y las cositas de la niña bellas.

Estaba dormidita. La cargó. Fue a la terraza.

Desde un sillón revelaba las cosillas que preguntan a los viajeros. Lilian servía bocaditos, Raúl dijo: —Estos culeros desechables son buenísimos porque no mojan, pero mi reina tiene pestecita. —ella le propuso: —Llévala al cuarto, cámbiaselo, límpiala bien y así te vas practicando.

Raúl luego de zafar el culero a su reina quedó espantado, al ver los genitales hermosos de un extraño varón.

La Lilian o tía Cori (real) de este cuento, inscribió a la niña como Reina. Al mes de nacida descubrieron que era un varoncito. Lo inscribieron de nuevo como Reynaldo (cuando el parto, el marido estaba en el extranjero). Un poco más adelante hubo que recluirla y también aplicarle electroshock para borrar su cinta mental detenida.

Dejó aparte a su tío Manolo (hermano de las dos expuestas), con ochenta, aún fuerte hacía los mandados. Salió una mañana con su carretón por viandas y no regresó. A los veinte días de no encontrarlo lo dieron por desaparecido. Hasta que una tarde regresó por sus pies; sin carretón, muerto de flaco, sucio, apestoso, con barba, diciendo que había quitado del medio a todos los Alzados que encontró en el Escambray. Contó que estuvo operando cerca de una cueva y comió lagartijas...

Manolo participó con treinta años, de miliciano, en la Limpia del Escambray. Esta calamidad histórica ocurrió a principio del triunfo de la Revolución, cuando opositores –más bien bandidos–, se escondieron en aquella zona. Aquel grupo se conoció por Alzados; asaltaban, robaban y mataban a los campesinos (mataron a varios campesinos y alfabetizadores).

Manolo como advierten tuvo demencia (en la tercera edad avanzada), pero no hubo que recluirlo. El resto de los tíos por parte de padre y la madre todo fue normal con ellos.

Elena siempre ha sido muy sensible; hasta aquí el cuento. No ha tenido necesidad de psicofármacos. Creo que es y está normal, por ahora; solo Dios sabe.

Por ello ha renunciado con ahínco a esa herencia kármica, por indicar esta vez una frase, ah, y es la escritora de la familia. "Temo pueda perder el juicio como algunos de los nuestros. Papá se suicidó, tuvo que perder la cabeza para hacer lo que hizo –se pasó las manos por los antebrazos–, se me paran los pelos tan solo de pensarlo, Señor, cuida mi mente."

Terror en el tren

En la estación de Ciego de Ávila los viajeros esperaban apiñados. De los arribantes, en dos oportunidades le preguntaron por el asiento; ella dijo, ocupado y argumentó que el ocupante estaba para el baño.

Mírate, asegurando el asiento para el atrevido ese, ¿eh? "Prefiero seguir sola".

El tren reinició el recorrido con otra chillona sacudida. Ella gozaba la soledad de su asiento.

De pronto, apareció Víctor, que venía del final, sentándose le dijo:

—En tu antiguo asiento va una pareja de tortolitos. ¡Qué envidia!

—¿Una pareja?, si yo dejé el asiento a la mujer para una prima.

—Ah, no sé. —Víctor se sentó, se quitó la gorra, se abrió dos botones la camisa. Elena introspectiva se le ocurrió: "¿Será posible?"

—Vengo enseguida, yo tengo que ver. No me dijo el nombre, creí que se llamaba Santa —se fue.

Su antigua compañera, al verla, se despegó del acompañante, un hombre mayor. Esta le preguntó, sin dejar de parpadear: —¿Qué pasa?

—Nada, vine a ver si tenías agua.

La respuesta fue: —Angelito, ¿tú trajiste? —este se negó—. No tenemos, amiga. Este es mi primo. Es que su hermana no pudo.

—Discúlpenme, los dejo.

—No chica, no pasa nada. —dijo, todavía sorprendida.

Elena regresó a su lugar. "Me tomó el pelo la esposa digna."

–¿Y? –dijo Víctor.

–Nada. Todo correcto.

–No había venido por ti porque este viajecito ha sido de *ampanga*.

–Me lo dices o me lo preguntas.

–No, no como a mí. Soy uno de los policías. Hay que poner orden a cualquier desbarajuste. Me fui de tu lado y ni te enteraste. Por cierto, ¿tú sabes que roncas?

–¡Ah sí!, mira eso, no lo sabía.

–Tu marido es un tiburón si nunca te lo ha dicho. Te ves linda dormidita. Por poco me quedo dormido, pero estoy *pinchando*. Tú no sabes que, en cuanto salí de tu asiento, recibimos el aviso de un pasajero que abordó en Las Tunas y era sospechoso de homicidio.

–¿Verdad?

–Tuvimos *pincha* dura. Nos pusimos todos para el evento; con las señas que nos dieron por la radio. Hicimos una primera entrevista con un sospechoso, resultado: negativo. En cuanto le dijimos al otro, que necesitábamos… se alteró. Ya por ahí, él solito cayó en la trampa.

–¿Era el que buscaban?

–Estoy casi seguro. Lo bajaron en Ciego de Ávila.

–¿A quién mató?

–A un *gay*, al parecer se lo estaba *jamando*. La esposa se enteró y fue a aclarar dudas; asunto de marca mayor. Al tipo se le metió el demonio en el cuerpo; le cortó la cabeza de cuajo con una mocha, en su misma casa. Un vecino lo vio salir lleno de sangre. Se dio a la fuga. El verraco creía que iba a librarse huyendo pa la Habana.

–¡Qué horror!

—No dicen por ahí que hay de todo en la viña del Señor. Después, cuando pegaba un ojo en el coche comedor, un tipo de gritón en el siguiente; discutiendo con la mujer. El fandango de aquellos era porque, cuando ella se embeleSÓ, él descubrió un número de teléfono con el nombre de un antiguo marido, en un papelito envuelto dentro de un pomo de ibuprofeno. Parece que en el tejemaneje el hombre se bestializó.

—¿Y?

—Nos lo llevamos pal comedor. La cifra de la multa por escándalo público amansa a cualquiera. Claro, ahí nos dimos cuenta de que tenía unos tragos. Por eso mismo está prohibido el alcohol aquí, pero la gente inventa. Otro de nosotros, aparte, le dio psicoterapia a la mujer; la impresionó con las cifras. ¿Sabes? Diazepam en vena. Si te doy la dirección de ellos y tú vas a ver, me la juego que están en el paraíso. El tipo está cagado por ella, eso se ve desde Marte. La *jeva* es la que corta el bacalao y está... significativa, con tu permiso princesa. —sonrió travieso.

—Ya debes conocer a la gente hasta de lejos.

—No, no creas, siempre hay escopetazos. Guerreamos todos los días. El caso que más me ha impactado desde que soy policía de trenes fue una vez en el andén de Matanzas. Debíamos esperar más de una hora a que quitaran a uno de alante, por otro jaleo. Muchos pasajeros se bajaron, a refrescar, comer. Había un hombre sentado en un banco con un saco de nailon, limpio y lleno, al parecer iba a viajar, no sé bien. El caso fue que presencié a una mujer empapada en agua —creía yo—, que se le paró por detrás, lo roció con gasolina y encendió una fosforera. Mujer, si vieras, aquellos cristianos de volvieron dos antorchas vivientes. Ella lo intentaba abrazar, diciéndole: *No te vayas*. Él huyéndole sin decir una. Se armó la tragedia. La gente sin saber qué hacer. Hasta que dos trabajadores de la terminal cogieron unas colchas de piso, las encharcaron para apagar al tipo. Mima, largaba trozos. Ella echó a correr línea arriba hasta que se apagó sola y se cayó. Llegaron bomberos, ambulancias, el acabose. Eso es lo más duro que han visto estos ojos. –siguió Víctor–, después se armó otra *voceadera* en la otra banda. Un hombre rabioso diciendo:

–¿Cómo que no sabes dónde está el ajustador?, –todo el mundo se enteró de la película–. Desde que te vestiste en la casa lo llevabas. Me dormí, porque estoy *matao* y resulta que ahora no lo tienes.

Al principio, ella hablaba bajito, pero fue subiendo el volumen en el percance. Dijo que por el calor se lo quitó allí mismo, en el asiento, que lo guardó y no se acordaba en cuál bolso. Al cierre, tuvo que buscarlo en todos los maletines, para él comprobarlo con sus propios ojos, decía, inconforme.

Cubana, qué clase de olvido.

–Viste, qué tipo más comprensivo, se acabó el boxeo. Supongo que apareció. En los trenes cubanos la gente puede perder el seso. Otro caso fuerte fue hace unos meses, venía una pareja: ella rubia, joven, excelente; él, santero, todo de blanco, negro como un totí, de mediana edad, como yo, pero más fuerte, dándose una bambolla del carajo palante. Todo parece indicar que cuando él se durmió, ella se le fue del lado. Al despertarse la buscó por el baño, recorrió todos los coches, nada. Ahí mismitico le dio "una cosa mala", a grito limpio llamaba a sus santos. Buscamos por todo el tren. La rubia no apareció. Nos enteramos a las semanas –porque en este país todo se sabe–, que la encontraron muerta en un campo. Seguro que se lanzó del tren, y a esta velocidad, figúrate.

Hubo otro caso, pero al revés. A la mujer se le perdió el marido. Le dijo, voy al baño y no volvió. Nos dimos cuenta de que no hubo catástrofe, sino que se arrepintió de dejar su casa, su familia. Esos pormenores a ella misma con el nerviosismo se le salían de la boca.

–¿Sobre partos?

–Ha habido carreras, tener que bajarla en el paradero que sea, pero nacer como tal, aquí, no lo he visto ni me he enterado. En estos trenes puede pasar de todo, cualquier día te hacen una operación "a corazón abierto" y sin anestesia. Ah, y hablando de carreras, qué rato nos hizo pasar un viajero que llevaba un puerquito escondido, en una caja, todo el mundo sabe que está prohibido trasladar animales, contó que lo llevaba dormido con medicina, pero el nene se despertó, logro salirse y a correr detrás del bicho, nadie quería tocarlo, tú sabes que aquí no hay agua, al final, cuando llegó a lo último del coche se lanzó pa fuera, pobre animal, creo debe haberse jodío to y el guajiro terminó a llanto limpio, dijo que era un regalo pa una nieta enferma, figurate tú.

Elena le dio huevitos de chocolate

–¿Lo trajeron los reyes magos? –dijo él.

–Sí, me dijeron que guardara los tuyos. *Toma Chocolate, paga lo que debes, bis, bis,* (tarareó de nuevo a la orquesta Aragón).

–*Vacilón, qué rico vacilón,* (respondió él tarareando), lo que soy un *paticruzao,* no se bailar. Oye esto, la semana pasada, la puerta del baño de mujeres, en el coche tres, se trabó de mala manera, se quedó una pasajera dentro. La mujer empezó a aullar, eso parecía créemelo, tuvimos que romper la cerradura. Estuvimos media hora dándole ánimo; que tranquila, que estábamos en eso. Cuando abrimos, salió primero un recluta jovencito bañado en sudor y luego ella; una temba súper blanca, medio calva, tipo remolacha, diciendo que el otro era su nieto. Nieto, que salió como alma que se lleva el diablo, en otra dirección a la de ella, ¿dime? ¡Sabrosona, se le estropeó el vacilón! –dijo con ritmo incluido.

El tren frenó como si las ruedas se hubieran congelado. No había motivo para ello. Ambos se quedaron fijos. Luego ella miró por la ventanilla hacia adelante, nada; porque estaban lejos del comienzo de la expedición. Víctor se compuso de nuevo.

–Voy a ver qué pasa, –miró su reloj–, esto no es normal. –se alejó.

Elena aprovechó y fue al baño. Ventosidades arremolinándose en sus tripas. Se desprendió de un peo indecente y orinó. Regresó a su asiento.

En la tregua siguiente, oyó a varios cerca de su asiento con suposiciones, lamentos, anécdotas, comentarios de viajeros inconformes por la parada.

Cubana, ¿qué pasará? Supongo Víctor venga a contarte.

No teniendo mucho que observar, tampoco quería entrar en la fase desespero. Loca porque aquello "aterrizara" en la Habana. Escuchó a un niño grandecito que iba detrás de su asiento (en alta voz): –Mamá el tren se rompió, mira, largó las ruedas de alante.

La mujer que iba detrás de aquellos, al oírlo, comenzó a hacer preguntas al resto de sus vecinos. Pretendía incitar a que alguien fuera con urgencia a averiguar; qué pasaba, porque según ella, el descarrilamiento era en la sección delantera.

–Ahora sí se jodió el viaje, porque de aquí a que arreglen esto, se le fue una goma al tren. –dijo la alterada.

Otro la interrumpió: –¡Cállese señora, no hable más mierda! ¿De dónde sacó lo de la rueda? Eso es imposible. Usted lo que es una histérica. Cierre la boca, no crea pánico, aquí van viejitos.

–Déjese de falta de respeto, compañero. ¿Qué usted quiere que haga? Estoy asustada. El niño seguro se asomó; los niños son elásticos y vio algo allá alante. ¡Caballero, que alguien vaya a averiguar!

–Vaya usted.

–Oye, qué tipo más impertinente y...

Por fin, molesta por los entredichos falsos, se elevó la madre del niño, causante del eventual tornado, interrumpiéndolos: ¡Caballeros, dejen la locura! el tren se paró por lo que sea, ya dirán. –levantó el trencito del hijo sin las ruedas delanteras. Miren, este fue el que se rompió.

¿Vieron? Cuidado con aquellas reacciones, emociones, luego de oír algo sin ver, sin asegurarse primero. Aquello se cayó abajo a risas, motes y chistes. La señora del sobresalto se quedó más quieta que una estatua. Hasta Elena tuvo que reírse.

Unos indagadores se encaminaron a averiguar por qué se detuvo. Hubo un clamoreo de voces bajas.

Víctor reapareció. Enseguida comenzaron las preguntas...

–Atiendan acá –hacia el resto–. No hay ningún accidente. Lo que pasa es que a un carro del tren cañero se le abrieron las compuertas y votó la carga. Hasta tanto no lo quiten del medio no podemos continuar. Relájense, que esto puede demorar.

Se reanudaron coletillas de toda índole.

La gracia dorada de Dios avanzaba por el cielo. El calor dentro del coche iba en aumento. Elena decidió bajar su equipaje (Víctor la ayudó). Sacó una camiseta de algodón. Víctor lo devolvió a la parrilla. Ella se fue al baño. Al regresar.

–Oye, te asienta el verde, con ese pelo vinoso.

–Víctor, tus galanteos me dan roña, por lo que más quieras, cállate. Tú me ves como una lechuga, te aviso que soy "una gallina a la barbacoa", en cualquier momento me transformo como la histérica de la rueda desmembrada.

Víctor soltó una bola de risa.

–¿Quién es la histérica?

"Me gusta esa sonrisa descarada." –pensó mientras lo miraba. –Una que oyó a un chiquito conversando de su tren de juguete, creyó que era este, y le dio el ataque.

–Si tú fueras mi mujer me pasaba la vida con los dientes afuera.

–No soy estomatóloga; no te sacaría ninguno, además, si ya casi los tienes.

Sonrió de nuevo y le dijo: No, si cuando yo lo digo, tú sirves para trabajar en los programas esos, que dan risa.

–No me digas, yo comediante. Ahora eres tú el que me hace reír. ¿Cuánto crees que demore esto? Debes tener una idea.

–Mejor no te dijo, va, y te conviertes en la chiflada de allá atrás

–Dime, chico.

–Par de horas, depende. "A mal tiempo buena cara", vamos a relajarnos. –se toma los dedos índice y pulgar, cierra los ojos y–, *ommmmmmm*, no es así como se relajan los chinos.

–Mejor cállate, que van a creer que tienes un ictus

–Nunca me gustaron los cactus, pinchan –se ríen.

Víctor miró a la pasajera del asiento delantero. Se empinó un poco, por encima de este, se quedó fijo y en tono bajo dijo: Elena, fíjate tú a ver. ¿Son ideas mías, o esa persona que va ahí se está arrancando el pelo?

–¿Cómo? –ella curiosa, no creyó fuera un chiste de tan mal gusto, se elevó para enterarse.

Ambos en diferente ángulo vieron lo mismo. Una adolescente se arrancaba mechones de su cabello mediano. Ninguno de los dos pestañó. Advirtieron al lado de la joven, a una mujer mayor que impresionaba dormida. El estupor los entiesó.

–¿Cómo es posible? No siente dolor. –dijo él.

–Si sigue, llegará calva a la Habana. –señaló a la acompañante–, vamos a llamarla, debe ser familia. Tócala por el brazo que da al pasillo. Agáchate para que la otra no te vea, va y se arma otro arroz con mango aquí, dale.

Víctor hizo como le indicó su amiga. Después de oírlo, la mujer se incorporó, y comenzó a sacudir a la chica diciéndole: −No, por favor, no lo hagas más. Déjate la cabeza tranquila. −la joven paralizó su mano, se notaba ausente. Tendré que darle otra pastilla. Es mi hija, está ansiosa −dirigiéndose a ellos dos−, son muchas horas

−Désela señora. −dijo él.

−¿Con qué se la traga? Ya se nos acabó. Si pudieran hacerme el favor de ver quién tiene un poquito.

Víctor se irguió como un resorte. −Deme un vaso; saldré a buscar. −se alejó.

La madre le aprisionó las manos, pero seguía inquieta. La muchacha como un balance se mecía sin emitir sonido alguno. En un momento regresó el otro con el agua. La señora logró que se tomara la pastilla. Ellos de pie miraban la escena.

Víctor al observar la cara de Elena, le tomó la mano y le dijo: −Recoge la mochila y vámonos.

Elena le obedeció como a un padre. Al llegar a la escalerilla se contuvo.

−¿Para dónde me llevas, hombre?

−Mujer, a bajarnos. Para que cojas aire puro; así cambias el semblante. Te me vas a enfermar. Tú sí no estás acostumbrada a estos julepes como yo.

−No puedo dejar el equipaje por detrás.

−Espérame aquí; eso se resuelve fácil. Voy a especificar que es mío, es menos probable... además, no va gente de pie, todos cuidan, ya saben quiénes son los dueños. Luego Víctor regresó a la escalerilla. Elena de nuevo: −Espérate, déjame ponerme la camisa de nuevo, porque allá abajo el sol ahorita es de azar. La extrajo de la mochila, se la puso y salieron del tren.

Había un herbazal bajo. Caminaron un poco. Una brisa tenue los saludaba. −Vamos hacia aquellos árboles.

−No Víctor, regresa al tren. Diles a tus compañeros dónde vamos a estar. Para que nos avisen. ¿Y si se van?

−Mujer, tú no eres fácil. Está bien. Voy por complacerte. Ya verás que dentro de unos minutos el tren completo se tira abajo. Todo es cuestión de que se baje el primero. Siempre es así.

Víctor se alejó. Elena quedó clavada en aquel punto. Cuando le molestó el sol anduvo hasta debajo de uno de los árboles, sin perder de vista al tren. Este quedó interrumpido a los casi cuarenta metros de ella. Elena se sentó en una piedra grande, como escachada, más bien parecía la habían preparado para sentarse y entrarle con ganas a los mangos (no servían para comer). ¡Qué bella la campiña en esta zona!, qué bien... "¿Qué estarán haciendo los míos? El batido de mango es el preferido de Mariano y Osmany. A mí, el de platanito con bastante hielo frapé". Se chupaba un caramelo (cada vez que la atacaba la debilidad sacaba uno).

Cubana, de esta sino se salvan las carnes. Mírate, de compinche de un pajuzo. Uno ni se imagina "lo que puede traer el barco". Veo que te cae bien, te estoy midiendo y no es para hacerte ropas.

"Pobre niña, al parecer es algo psiquiátrico" −recordaba.

Cubana, te acuerdas de aquellos episodios donde dejaste perpetuada tu niñez. Ahora sentadita en esa piedra, consuélate regalándoselos al universo de nuevo.

FILOS (II Y III PARTE)

Hablando de chancletazos, con las plásticas, en aquella época eran para todo uso u horario: moda forzosa cubana. Una noche, en que los mayores estudiaban la Biblia en casa de Ortelia, éramos seis niños entretenidos en la terraza, quise averiguar cómo eran los varones. Nunca mi hermano y yo nos veíamos desnudos.

Llamé a Silem, de mi edad, ocho más o menos, al pasillo del costado. Le pedí que, si me enseñaba su pipi yo le enseñaba el mío, y que lo tenía lindo y gordito. Silem tomó mi mano muy dispuesto. Caminamos pasillo arriba para alejarnos. Se bajó el short. Por la penumbra tuve que acercarme para observar bien. Lo rodé un poco adonde entraba un filo de luz de la casa vecina.

Juro solemne que no se me ocurrió otra cosa. Su hermana mayorcita se asomó al pasillo, nos vio. Al parecer, ella sabía más. Regresó a la sala y dijo, lo que le dio su real gana. Detuvieron el panfleto en debate.

Al arribar mi madre in *situ*, yo tenía la bata remangada y el blúmer a mitad de mis piernas. Ya él se había subido el short. Creyeron que yo era la libertina.

Me regresó a la terraza a chancleta limpia. Me llevó para la sala de penitencia. Me ardieron las piernas el resto de la noche. Ortelia castigó a Silem con un cinto. No sirvió de nada decir, porque lo oí de lejos, que fue idea mía, que él no quería y yo le obligué.

Se repite la historia milenaria. Silem como Adán no reconoció su parte. Yo era la Eva, ¿recuerdan?, por aquello del fruto del árbol del bien y del mal.

III

¡Qué sucesos! Ahora me elimino con el filo de la maquinilla un granito. Sale un tin de sangre. Eso me introdujo de regreso al murmullo... aquel día en el aula, en sexto grado. Le dije a Geraldito, mi compañero de mesa, que me sentía mal. Llamó a la maestra. Me autorizó a irme. Tenía recelo de pararme, pues experimentaba que algo se me salía del cuerpo y, ¿si se daban cuenta? La mesa sudaba con mis manos. Hubo miradas sospechosas. Algo me dijo que sabían, pero cómo. Quise volar hasta la salida, y olvidar que la silla podía descubrirme. Caminando oí la maleta que Geraldito dejó caer en mi silla, para que no vieran la mancha. Quiso guardar el secreto, pero fue imposible.

Qué razón tenía Víctor, pensó, viendo los pasajeros bajándose del "horno azul", con sus FCC (Ferrocarriles de Cuba), y el 8345, ambos cifrados en blanco en todos los coches. Fueron descontinuados en Argentina, y donados a Cuba.

A un costado de los mangos quedaba un platanal; percibió humos que emanaban del fondo, y en tenues velos llegaba hasta allí. Sacó de nuevo la toallita; su cara comenzaba a destilar.

Casi todos se esparcían como hormigas. Uno de los que acamparon en aquella banda dijo: –Una pila de gente se fueron del lado de allá, dicen que hay una arboleda buenísima.

Cubana, no inventes, aquí te dejó el loco aquí vendrá a buscarte.

De nuevo regresó aquel relámpago en seco, el que avisé desde el principio. Elena se acordó de los campos de Artemisa.

Lo que se ve con la mente es tan real en un sentido, como lo que se observa por el mirador de cualquier transporte. No hay mucha diferencia fisiológica entre las señales que emite el pensamiento y las que transmite el ojo en vivo. Entonces afloró...

"A las hembras nos daban cuchillos, a los varones machetes; íbamos en brigadas a parcelas cercanas de la escuela y otras, quedaban lejos. Un guía de campo nos ubicaba en los sembrados, luego se iba. La mayoría de las veces en platanales. Gracias a Dios, nunca hubo ningún incidente desagradable en las zonas de trabajo. Qué etapa tan bonita, cuando se es adolescente y estudiante. Liberados de la familia, el barrio, el embullo de las guaguas, y el trajín de las maletas. Los miércoles, después de las cinco de la tarde, era la recreación y las pocas visitas. Nos ponían música grabada, cubana e inglesa; ABBA, Boney M, La Ritmo oriental o Los Van Van. Nos traían brigadas artísticas o del Circo Nacional, que actuaban por la noche en la plazoleta de los matutinos, o cantantes, nos divertíamos tanto.

A las diez de la noche hacían el toque de silencio; con un hierro golpeando una guataca vieja. Soportábamos tres varas de hambre, del carajo para alante; poca comida y mala. Suerte los padres que los reforzaban con comestibles ese único día. O las frutas en el horario de campo; guayabas, platanitos, recogíamos pepinos, tomates para acompañar la bandeja de comida, poníamos aguacates a madurar en las taquillas del dormitorio. ¡Ay, las latas de leche condensada cocinadas, qué ricura con galletas o solas!"

En su escuela había cerca de quince alumnos capitalinos. Ellos entraban y salían del Pase en una guagua independiente a la de Artemisa.

Leticia era habanera. Estaban en la misma aula. Dormían en el mismo cubículo. Las dos en la parte de arriba de las literas, una frente a la otra. La pusieron de jefa del albergue, porque era como son los líderes; todos los respetan, los oyen, los siguen. Eso sí, andaba sola. Ella no iba al campo. Le encomendaban atender las visitas de nivel superior, o trabajar con el almacenero.

"Yo no concebía cómo si todas éramos de la misma edad ella sabía hacer tantas cosas. Hasta pedía instrumentos al plomero, y lo mismo reparaba una ducha, un grifo de los lavaderos, o zafaba el yale. En mi albergue jamás hubo nada roto. Le encantaba el deporte; era una fiera en el voleibol".

Una de las veces que conversaron en el balcón del edificio docente, en el horario de auto estudio, de 8–10pm, le dijo que ya no tenía papá, que estuvo preso por asunto político, y que un tío la enseñó hacer todo eso. Asimismo, le rectificó: "No comentes a nadie sobre mi familia ni que disfruto hacer esos trabajos". También, que no tenía sangre para esperar por la calma de los que reparan cosas en las casas. Le dijo, otra noche, que ella era muy dulce y simpática.

Ya Elena se había percatado que esa era su definición; la que acababa de timbrar su amiga. Nadie le decía que era bonita, sexy o inteligente, nada imagínense con ese cuerpecito. Solo había escuchado esos dos conceptos: graciosa y dulce; todo parece indicar que le anunciaban la diabetes desde la adolescencia.

Leticia era de piel tostada, ojos como la miel, pestañas que parecían postizas, un suave y claro bigotico que adornaba su atrayente sonrisa, muy pulcra, un tin más alta que ella. Llevaba el pelo chorreado, largo, y nunca se lo soltaba. Siempre era la última en bañarse; quizás era penosa. Allí se reunían más de veinte chicas en el mismo horario, todo el mundo en cueros y a nadie le importaba.

En un inicio Elena dormía con la cabeza para la pared divisoria del cubículo. Leticia en el frente, de allá para acá. Se dio cuenta que la miraba demasiado.

En ocasiones *la pilló* riéndose, pero se tapaba la boca con la sábana. Las muchachitas se reían de los cuentos de Elena.

En verdad, experimentaste temor de su fijeza. ¿Te acuerdas? No entendiste aquello. Decidiste cambiarte; poner la cabeza para el pasillo. A la siguiente noche ella cambió de posición. Las dos cabezas ahora daban al pasillo del cubículo. Se acabó la miradera.

"Una vez, en un receso entre las asignaturas, mi amiga se fajó a puñetazos con Hugo, porque al pobre *Recorcholy*, apodo de otro alumno que era redondo como un trompo y negro como un cao, se le salían las "plumitas" cuando abría la boca. Los varones lo tenían trajinado, hasta ese día; ya, nadie más se metió con él".

Ella dijo unas palabras, no recuerda bien; la cosa era que uno no podía rechazar a otro, ni por el color ni por nada. Todo el mundo la respetaba, ella sí, no comía miedo".

Una noche de autoestudio, en el aula, te relató un suceso y escribiste esto. Nunca se lo dijiste, ni a ella ni a nadie.

Tendría como ocho años cuando se mudó con ellos un tío paterno, viudo, medio ciego. Para levantarse del sillón en la sala e ir a la terraza a almorzar o comer, siempre que estuviera, le asignaron la misión a Lety, la pequeña de la casa.

La inocente no entendió por qué le agarró su manito y se la introdujo dentro del piyama; frotándose con ella los genitales. Dejándolo ubicado en la mesa, iba al lavadero urgente, eliminaba la viscosidad en ellas. Por suerte, no ocurría todos los días. Comenzó a quedar con asco del abuelo. No sabe por qué no dijo nada. Trató de protestar, insistió de sobremanera que fuese otro el del traslado. Nadie lo descifró. Tuvo que seguir. A todas estas se preguntaba por qué nadie veía aquel instante.

Lety se volvió una adicta a lavarse las manos a toda hora.

A los diez, comenzaron a brotar sus pechos. Una noche el viejo se metió en su cuarto. Se sentó en la cama. Se los acarició con mucha suavidad. Le dijo que si no lo hablaba le daría buenos regalos. Esa vez sintió una sensación nerviosa agradable y un susto atroz que tampoco comprendió. Al siguiente día, casi obligó a la madre a comprar un pastel para ella, por lo buena alumna que era en clases y nunca recibía regalos. Se lo compraron.

Aumentaba en la muchachita la repulsión a aquella protuberancia con pelos, sudor o gelatina. En una ocasión ella miró bien a sus ojos. El anciano sonrió. No eres ciego y sabes muy bien que eso no se hace, si vuelves se lo diré a mi mamá.

—Eres una mentirosa. Creerán en mí.

—Házmelo de nuevo para que veas.

El viejo lo consideró; ya, no más. Sus ojos de no ver la miraban con odio. Creo que por eso se quedó atrapado en la joven el rechazo al sexo opuesto. Por suerte, a la semana, otro familiar se lo llevó hacia otra casa.

Ahora, nadie comprende el por qué Lety se va transformando como uno de los que ella rechaza.

Al Elena preguntarle por qué no se lo dijo a su mamá, ella le contestó que tampoco sabía. Que debió haber sido por miedo, aparte, de que aquella era un ácido y no le daba cariño ni a los

Cuando al compañero de mesa de Elena le operaron un ojo, ella se sentaba en la primera mesa, pegada al ventanal, la maestra los cambió. A partir de aquel día pasó a ser la compañera de Leticia, al final de esa hilera y del aula.

Elena siempre ha sido cotorrona. La otra hablaba lo mínimo. Ambas estuvieron raras unos días.

"Eso sí, me ayudaba, no, mejor digo la verdad, me hacía muchas tareas; de química y física que eran mis uñas enterradas. Yo le arreglaba las faltas de ortografía; en eso ella era un cafre. Encontré al final de sus libretas, varias caricaturas graciosas que ella misma hacía de gente del aula. Nadie sabía. Aunque humorísticas, yo, al menos, identificaba rápido, quién era. Ella tenía su gracia. Yo le señalaba el alumno que era, y ella asentía. Eres buena observadora, eran sus palabras".

Le guardaba cosillas a Elena de las que comía con los maestros, o empleados del comedor. Ella sí no pasaba hambre. Los alumnos habaneros no recibían visita, por lo del transporte. A ella no le hacía falta y Elena encantada: El pez muere por la boca. Hasta que una amiga de esta, de la Secundaria, le soltó:

—Oye, se está enamorando de ti.

Cubana, pensaste fuera envidia. En resumidas cuentas, ella era muy buena contigo.

En una ocasión, Elena le prestó un libro: Ofrenda Lírica, de Tagore, poeta hindú, en él había subrayado frases que le gustaban (a Elena). Cuando su amiga se lo devolvió, encontró rúbricas en las esquinas de las páginas (las había doblado en sus extremos), dentro, unos puntos y rayitas que parecían significar algo, supuso relacionado con el texto. Elena le insistió que por favor le explicara, nunca le reveló el propósito, quizás no tuvo valor, quién sabe.

"Una tarde tropezaron nuestras manos en la trasferencia de las tareas, las manos de ella eran más grandes. Nos quedamos fijas. Yo creí que normal, sin embargo, capté algo que no había visto en nadie que me mirara. Me acarició la izquierda con las dos suyas; como si estuviera protegiendo una joya tuvo perdida y la encontró. Algo se vino abajo dentro de mí".

Cubana, traspasó una frontera temeraria y más en aquella época, ¿no crees?

"Nadie vio nada". El susto fue tal, que Elena se precipitó hacia la maestra. Le dijo bajito, que se estaba haciendo caca. Se fue para el albergue. Se acostó, con uniforme y los *quicos* plásticos, tapada toda con una sábana. En unos minutos, Leticia, junto a la cama.

–Perdóname, Elena.

–No pasó nada. Me entró dolor de barriga.

–Mentira. Te asustaste. Es muy grande esto. Nunca me había pasado. Por eso se me fueron las manos.

La amiga seguía avanzando por zona minada.

–Tranquila, ya, olvídalo. –pero no se destapaba ni con la guardia civil.

–Te suplico Elena, ¿puedes darme, por última vez, tu mano?

Entonces se le ocurrió… (dice Mariano, su marido, que siempre suelta la nota discordante, que es lo que más le gusta de ella, y que la gente se ríe. No sé de qué).

–No vayas a morderme que no estoy vacunada. –sacó su mano por el borde de la sábana, oyendo la risita de la otra.

Leticia la sujetó entre las suyas. La palpaba con una ternura desconocida para ella. Luego se la besó. A lo mejor pensaba era en la boca, porque dejó saliva en ella. Ah y le dijo (con los parpados a punto de sellarlos): –¡Gracias, Elena!

Como Víctor dijo hace unas horas, ¿recuerdan?, después de treinta años. ¿Qué tiene esa mano de Clara Elena? Ella sabe de buena tinta que, si vive mil años, nunca volverá a sentir lo que experimentó debajo de aquella sábana.

Como había que dar un cierre –el albergue vacío, a cal y canto–, y Leticia era un lince en las asignaturas, pero mi Elena: "A la hora de los mameyes" (acuérdense, ella seguía debajo de la carpa), retiró su mano despacio y le habló:

–Escúchame bien: se acabaron los quince de Yaquelín. No me lo vuelvas a pedir. Tú sabes bien que, el año pasado expulsaron a dos muchachitas por estar dándose un beso en las duchas. Así que, yo quiero terminar el Pre y que no me manchen el expediente. Mi primer nombre es Clara, no tengo pelos en la lengua. Ah, y para rematar soy Luz de la Torre, vaya, más transparencia no puede pedirse. Por lo tanto, llamo a las cosas por su nombre. No dejaré de tratarte. No diré nada. Respeto si te gustan esas cosas. Hasta ahí el bolero. Se acabaron las meriendas, los cuchicheos, y total control en las manitos desaforadas. ¿Entendiste? No quiero que se me espante uno de doce grados que me gusta cantidad. ¿Está bien?

Leticia se iluminó de nuevo, diciéndole: –¡Eres especial, amiga!

Si leyeron bien, ahorita lo dijo el loco, ¿ven?, por eso se repatriaron recuerdos remotos.

–¿Ya puedo quitarme la sábana?

–Claro, qué creías que iba hacerte.

Elena rebotó con su carga al machete, destapándose: –No, la sábana era un freno para lo que pensaba hacerte yo. Pero, necesito terminar la escuela. –como Juana de Arco casi saltó de la litera.

La otra no volvió a clases. Ya, no pasó nada más entre ellas. Al siguiente día Elena habló con la maestra; le dijo que no veía bien la pizarra, que le estaban dando dolores de cabeza. La trasladó para otro asiento.

"Mi amiga entendió mis encargos. No obstante, a veces se me quedaba mirando y enviaba los de ella. Pero yo, camino a Júpiter, procurando alguno de sus anillos, estaba en edad para ello, ¿no?"

Elena siguió durmiendo de aquel lado. Tuvo que esforzarse en las asignaturas estranguladoras. No había que intercambiar nada. Procuró un novio rapidísimo, más bien, para despistar la variante (ese fue el chico del Pre, el de los dieciocho).

Leticia terminó el preuniversitario con un promedio alto. Obtuvo la carrera de Estomatología. La hizo. Hoy vive en los Estados Unidos. Lo sabe de casualidad, rectifico. ¿Qué sería de ella? Víctor le trajo ese recuerdo bonito en este día de asombros. Hoy por hoy, aunque no lo haya asumido, está segura de que Leticia fue la primera persona que la amó. Es por ello por lo que no critica modos sexuales, y lo entiende, todo. También la propia vida le ha enseñado que no debe contar a nadie sobre *eso*, Leticia, punto final.

¡Por fin, ya viene Víctor!

–Coge Mima. –le entregó una botella de ron, con agua del tiempo.

Fue un bálsamo. Es que Víctor es de esos seres que dan hasta lo que no tienen. Ella sintiéndose la Dama de las camelias. Ay, me dan ganas de besarlo todo, rumió.

–Tú sabes, ¿qué cosa más extraña?, ahora mismo tengo el efecto *dejá vu.* –le dijo a él.

–¿Qué cosa es eso?

–Tengo la sensación de que hace treinta años, en otro sitio, nosotros fuimos amigos, que esto ya lo he vivido.

–Mima, cuentas el milagro sin decir el santo. ¿Y por qué no pareja?

–Ah, no chives. ¿Qué dicen los jefes?

–Dentro de un rato deben avisar para recoger la gente. Se movilizaron en lo otro. Fue más rápido de lo que pensaba. Víctor se sentó en la hierba. Se dejó caer hacia atrás diciendo: –Estoy más molido que un turrón de maní.

El sol continuaba a todo tren. Se respiraba un aire de evidente intimidad entre ellos. ¿Cómo es posible si acaban de conocerse? Elena miró de nuevo al platanal. Iban saliendo la pareja de primos, parece que, exprimiéndose entre platanitos verdines. El hombre traía un racimo maduro, grandísimo. Llegaron hasta ellos. Llamaron a los otros. Se compartieron las frutas entre todos. Así son los cubanos, no les quepa la menor duda.

En unos minutos empezaron a llamarlos con silbidos. Y como hormigas que regresan a su cueva... Elena chequeó a "la comprometida", al gusano todo correcto. El tren arrancó de nuevo. Víctor partió a sus funciones.

Más tarde aparecieron los letreros de la estación de Santi Spíritus. Abordaron unos pocos. Vio a un hombre con resignación, reposando en el suelo de la estación con andrajos cenizos.

Iba observando barrios, avenidas, parques, también calles rotas, una iglesia. Al salir a los campos contemplaba guácimas, guayabales, y varios surcos con fruta bomba cuando se le apareció una señora.

–¿Puedo? –indicando el asiento–, Elena dijo que sí.

La mujer se sentó. Era añosa, tipo vara de pescar, ojos añilados, pelo rubio decolorado con mucha raíz (crecimiento), y abundantes canas dentro del cabello castaño oscuro original. Sobresalía la piel grisácea, escamosa, ropa limpia pero humilde, de ademán extra femenino, uñas naturales, larguísimas, y fea a matarse. No portaba equipajes, solo una cartera mediana. –¿Me dejas? –enseñándole un cigarro, la otra repitió el sí.

–Estaré aquí un rato; me quedo enseguida. –guardó la fosforera, cruzó la pierna, fumaba con el cigarrillo bien al extremo de sus dedos, lanzando el humo rumbo al pasillo–. Mi hermano es uno de los maquinistas. Menos mal que pude viajar sola, ya regreso a casa. Mi marido me controla todo, es insoportable. Mira mi pelo; no quiere que me lo arregle, dice que llamo más la atención. El tuyo está bello, pero no me pega el rojo. Tú debes tener admiradores, seduces muchísimo, ¿dime qué no? Elena se negó, aunque se le escapó una sonrisita.

–¡Mentirosa!, tu boca te descubre, ¡aprovecha mujer!, que todo en esta vida merma.

–No, no tengo admiradores; que yo sepa. –dijo cambiando la vista.

–Pobre Yordi, mi marido, ¡qué inseguridad!, celos al por mayor, y eso qué es más joven que yo. Tengo sesenta y él treinta.

¿Lo crees? –Elena la miró de nuevo. Ya hace dos años que estamos. He aguantado las verdes y las moradas. Pensé que se le pasaría. Nada. Imagínate que vivo con mi nieto de veinte, divorciado, tengo una sola hija en Holguín con otro de doce. También vive mi exmarido, que no preña; padre de crianza de mi hija, mi nieto le dice abuelo. Hace diez años nos dejamos; como no tiene para dónde, y carga para la casa somos como hermanos. Claro, si no está Yordi. No puedo hablarle, hace de traductor. ¿Dime algo? Mi ex trata a Yordi normal no le da ni frio ni destemplanza. No es fácil tolerar a ese. Tampoco es malo, es un Buscavidas, por eso lo he *requetepensado*. Es que le gustan las mujeres mayores. La anterior a mí tenía setenta. Murió de un infarto, era de esperar; a mí no me ha matado porque tengo calle. Sé cómo envolverlo. –se acercó–. Lo que tiene es fuego penil –se despegó. Imagínate su edad y ejercitándose en una bici; maneja un ciclo. Me lleva a las uñas, me recoge. Ahora me espera. No me compra ropa nueva; dice que los hombres me comen con la vista. Claro, eso me tiene sin cuidado, yo soy una diva, soy la que soy. Cuando mi ex no trabaja, que se queda en casa, "se le sube el demonio"; me monta y me deja en el parque. Esa es la piquera de donde salen ellos a sus recorridos. Me lleva panes, refresco, hasta que él termina. Si mi ex trabaja no hay problemas. Me deja en casa y yo hago todo. ¡Qué bobería! Me duele la lengua de explicarle. Dice que no cree en las mujeres. ¿A esta edad? Y yo con ese tripilingo ni una libra. –lanzó el muñón del cigarro por la ventana–. Me gusta porque es un niño bello, ¡un cuerpecito! Le digo de cariño: El Menor. Su cabeza tiene menos edad que su cuerpo, y por aquí. ––hace ademan de puño cerrado, en sube y baja––, ni te cuento. Imagínate que la doctora del consultorio me encontró la creatinina, triglicéridos, colesterol, ácido úrico todo altísimo, que, si no bajaban los valores de cabeza para el nefrólogo. Cuando volví a la consulta, ella se quedó pasmada: todas las cifras normales. Así que el "perreo" me ha servido. Le explico a Yordi que estoy vieja, que solo una vez por semana. Mija, quiere todos los días, y cuando le digo, Chico, pero tú no te cansas con tanto pedal y a veces con peso; hay cada gorda. ¿Tú sabes lo que me dice? Qué va, si eso a mí me quita el cansancio. Te cuento que, si no fuera por la comida, el dinerito, también me cuida. Es mi única compañía. Hace las colas en la farmacia, en el mercado, en la tienda, compra el gas, paga la luz, me lleva al hospital, me adora. Está al tanto de todo. No puedo contar con mi hija ni mi nieto; ese vive detrás de las mujeres. No le importo a nadie.

—¿Tu ex, no te cuidaba?

—A ése lo único que le importa es comer y que la ropa esté limpia.

—Dejarlo no va a ser fácil; con esa obsesión.

—Me dice que cuando esté ancianita no importa: que me baña, me acuesta, me da la papa, y me lo hace suavecito. Aunque a él le gusta bien fuerte. Qué mientras tenga boca...–vuelve a acercarse–, dice que se lo hago como nadie, –despegándose–, ¡yo tengo mi gracia, soy lo máximo!, y se lo cree chica.

—Compañera –dijo señalando con un dedo a la delantera–, hable más bajito, por favor. ¿No se han separado nunca? –la veterana asintió.

—Una vez, parqueaba el ciclo taxi frente a la casa, dormía en él, trabajaba y volvía, ni se bañaba, comía por la calle; vigilándome. La madre me quiere muchísimo. No quiere que lo suelte, dice que soy lo mejor que ha tenido. Cuando el disgusto: "Lo vas a matar Luz Divina"; me dijo que pusiera de mi parte, que él nunca se había enamorado así. Al final, me dio tremenda lástima, además, como no puedo contar con nadie, sigo. ¿Comprendes? –Elena ni pestañeaba–. Yo tuve mi época. Soné en la calzada. Siempre he tenido suerte para ligar. Se enganchan conmigo; ¡soy una cara y un cuerpo! Y Yordi me arrebata en la cama. Es una lástima que tenga esta edad –se le acercó–, porque los mejores orgasmos han sido con El Menor, y mira que hace rato perdí la cuenta –dijo sonriente y despegándose. Elena se percató que le faltaban tres dientes frontales.

–Amiga, perdóname tanta candanga. Voy a acercarme, ya casi llego –se incorporó–, adiós, que tengas buen viaje.

–Adiós, lo propio.

Elena quedó como embriagada con el recital de la diva-vampira. Removió la cabeza para despertar del filme. La mujer se fue. "Puedo imaginarme quién es Yordi. Envidio su autoestima. Casi me dijo bella y yo… ¿Mi autoestima?, acechaba debajo de una mina de carbón sin autorizo de salida. No me dolía. Créanme, que desde que cumplí los cuarenta, estoy intentando escalar, aunque sea la Loma del Taburete, de ahí las heriditas que se leen en mis cuentos. Pero sigo, ahora está libre, resplandece y un tin segura. ¡Voy arriba!"

El tren se detuvo, y más que rápido se reinició el viaje, todo parece indicar que fue una parada no establecida.

Una joven se acercó al asiento de Elena; con cierta timidez y ecuánime dijo:

—Compañera, ¿usted cree que pueda trasladarme para este asiento?, —se le aproximó—, el hombre que me tocó tiene un olor que ya no lo resisto —se despegó—. Revisé desde el mío hasta aquí y este es el primero que encuentro vacío, mejor aún que es mujer como yo. ¿Puedo?

—Sí, mija sí. —la otra se fue.

De repente, Elena se olfateó las axilas. "Con todo lo que estoy viviendo, no vaya a ser, creo que no."

La muchacha tenía un estrabismo marcado en el ojo izquierdo. En dos viajes trasladó sus pertenencias. Se advertía decente, afable y complacida por el cambio. Ya sentada, Elena se percató que subía un hombro, también el izquierdo, con cierta regularidad, sin motivos aparentes. Hoy es el día de los tics motores simples, se dijo.

—Vengo de Camagüey. Estoy desesperada por llegar. Un guajiro a caballo nos trajo una tanqueta con agua, cuando estuvimos afuera, ¿tomaste?

—No, yo estaba por la otra parte.

—Vengo del entierro de mi papá. ¡Qué ganas de ver a mi chiquitina! Es la primera vez que me separo de ella. Tiene cuatro. Yo sé que Ernesto la cuida bien. ¿Usted tiene?

—Un varón, que ya es un hombre.

—¡Qué bien! Las muchachitas de la Biblioteca deben extrañarme. No soy de ausentarme. Estuve un tiempo fuera, de licencia, por problemas de salud de mi primer esposo. Desde que me incorporé no falto. Me gusta mi trabajo. Allí somos como una familia.

–Qué casualidad, eres bibliotecaria como yo.

–¡Ah, mira eso! Yo me llamo Luisa, trabajo en la Biblioteca de Bauta, ¿y usted?

–Soy Elena. Trabajo en la pública de Artemisa. Casi vecinas, –sonrieron las dos–Qué chico es el mundo. He coincidido con compañeras tuyas en Encuentros de Bibliotecas, también soy investigadora. Déjame acordarme, a ver, sí, con Mirta, una mulata que trabaja en el Departamento de Procesos Técnicos.

–Sí, yo sé, se lo diré en cuanto la vea. Nosotras conversamos mucho, ella conoce mi historia del pi al pa, y me dice, no te sientas culpable, aquello pasó porque tenía que pasar, él ya estaba enfermo, aun así, me siento que le "puse la tapa al pomo", ¿comprendes? Al menos, nosotros en mi casa fuimos criados bien. Nunca pensé tener que hacerle daño a alguien. –continuaba moviendo el hombro.

–No puedo opinar, tú sabrás, tampoco deseo enterarme. Cada persona vive lo que le toca, así dicen unos, no sé. No soy ni sacerdote ni gurú. Toda causa tiene efecto. He visto cosas muy fuertes y hasta injustas. La capacidad de razonar los porqués es eso, tres puntos suspensivos. El tema es muy complejo, ¿verdad?

–Sí. Te digo, mi vida no ha sido fácil.

–Ninguna existencia es fácil, en Cuba menos, y ni la de los millonarios, chica. –sonrieron.

–Me caes bien, me parece que te conozco de siempre, te cuento…

"Qué estrella la mía, caballero."–concluyó Elena.

En la Biblioteca Pública, entre la sala de juvenil y la de adultos, el edificio hace esquina, había un pasillo amplio habilitado con mesas y pizarras chicas para usuarios que estudian en grupo. Allí se reunían cinco ingenieros; repasaban para un Examen de Actualización, e iban todos los viernes en el horario de la tarde; a veces, hasta las ocho de la noche que cerraba la institución.

Al Luisa verlos le "sacaba brillo al pasillo". No perdía de vista a Ernesto. Averiguó y supo que estaba separado de su esposa. Este la ignoraba, como ella era la bibliotecaria invisible; se había autodefinido así. Las otras trabajadoras se percataron y le provocaban a Luisa, otros colores en la cara. Máximo, uno de los cinco, colega de Ernesto, fue el que captó el pasa y pasa de la feíta (así la nombraba este).

Ernesto ajeno a todo. Otro día, ya cerraban el lugar, Máximo le preguntó a la administradora: ¿Dónde vive la más joven de juvenil, la que usa espejuelos, él quiere saber? –señalando a Ernesto que se sorprendió. Le dijo el nombre y le anunció que la muchacha había heredado una de las mejores casas del pueblo y que, por temor a vivir sola, era que la casa continuaba cerrada, ah y un auto viejo que la anciana dueña nunca quiso vender.

Al siguiente día Máximo planteó a su amigo el asunto de la conquista. Haremos una apuesta. Ya averigüé todo; es de una familia corta, buena, es virgen. Me voy a lanzar. Tú eres el que le gusta; verás que es a mí el que prefiere. Voy a vivir como un rey, ah, le dejaron lana en el banco. *"Lo que me queda por vivir será en sonrisas"*. ¿A qué soy yo, y no eres tú?, le dijo a su amigo. Por mí, cómetela con papas, contestó el otro, y no me pidas dinero.

Te has detenido a pensar, y ¿si ella se enamora y tú no la soportas después?

–Déjame eso a mí, yo sigo con Silvia. Nunca sabrá. Acuérdate que soy lo máximo.

–Tú estás loco pal carajo. No juegues con los sentimientos de la gente, compadre.

A la semana, el plan conquista a toda vela, era experto. Máximo tenía tres hijos de diferentes parejas. Todas notaban la diferencia de edad entre ellos. Luisa se veía tan feliz, que sus compañeras echaron las campanas porque al fin, le llegó el día. Entre todas colaboraron con una buena boda. En plena faena de fotos, dijo Máximo:

–Ven mi amigo, para hacernos la foto del año. –puso el brazo por los hombros del otro y nadie descifró aquello de: Viste, este será el recuerdo de qué gané yo. Ernesto pareció no seguir… se quedó más serio que una tuza.

Máximo y Luisa se instalaron en la casona. Ella como una pascua, a veces pensaba: Y yo que miraba al otro y mira a quién le gustaba.

Máximo comenzó a darle de lado, no resistía "atenderla" … Lo peor fue la bebida por las tardes, después, le echaba la culpa al alcohol de su incompetencia. La muchacha a puro disgusto por sus berrinches, pero, como ya era una mujer casada; éxito y prioridad para ella, se armaba de paciencia ante las frases despectivas y dolorosas de su marido. Muchas noches se dormía más que triste. Y él se acostaba a las mil y quinientas por no… fingía estar bravo y dormía en otra habitación.

Ernesto por su parte, tuvo que "enterrar" a la mujer, pues se casó con otro. Los visitaba, a veces se quedaba a comer, y ella le daba ánimo: Tú verás que pronto aparece una mujer para ti. Eres muy bueno.

Ernesto, incómodo con la forma tan grosera de Máximo tratarla, ella que era toda ternura con él. ¿Qué cosas tiene la vida?... lo agradable, buena mujer, ya no la encuentro tan fea, pensaba.

En una ocasión Luisa le pidió que, como era el mejor amigo de él, intercediera, que nunca imaginó que cambiara tanto. Ernesto comenzó a sentir remordimientos. Imaginó que Máximo podría adaptarse y funcionaría, aunque este seguía con su amante, ah y le gastó el dinero de la chatarra–auto que vendieron, con su otra.

Compadre eres un abusador. Acuérdate que, "el que la hace la paga", eran las palabras de Ernesto, pretendía le diera un respiro a Luisa. ¡Qué se joda, no quería matrimonio!, fue su respuesta.

Una noche la pareja tuvo una discusión por majaderías de Máximo, al final le gritó: ¡Bizca de mierda! Ella se desmayó. Al despertar en el médico y con unos exámenes... dijeron que lo más probable es que estuviera embarazada.

Fue una mezcla de alegría y dolor. Ya no lo soportaba.

Al comprobarse lo del embarazo, él le prometió... ella tragaba saliva con la boca seca. Estuvo unos días cariñoso. Luisa hizo casi todo el embarazo ingresada por amenaza de aborto. El marido a sus anchas. Ernesto conmovido iba a verla, llevándole cosillas. Se convirtió en su paño de lágrimas. Nació la niña y nada de cambios, fue peor. Ya no hacían sexo. Confiaba en que Luisa no querría volver a la soledad de antes. Llegó a amenazarla que, si lo dejaba tendría que darle la mitad de la casa.

Después del año de la niña Ernesto le confesó que él era el culpable de su desdicha, y que hubo una apuesta por ella. Que Máximo nunca la quiso, y que ahora no puede vivir con su consciencia, porque ha presenciado la maldad de su amigo, y se ha enamorado de ella. –Estoy abochornado. Me iré para el Mariel a vivir y a trabajar. No te cuento para conquistarte. No te sientas culpable del fracaso. No tiene razón en nada de lo que te reclama. Es una bestia que disfruta dañarte. –ella lo interrumpió: –Eres igual; cómo has podido hacerme esto, yo que te quería desde antes, y he tenido que luchar contra ese sentimiento.

Ernesto se encaminó rojo de la vergüenza y cabizbajo, luego de manifestarle: –Estoy arrepentido, y lo que es peor, sé que no merezco tu perdón.

Pasaron meses y seguían las ofensas. Lo último fue gritar a voz en cuello, que tampoco sabía atender a la niña. ¡Eres una anormal, con el meneíto del hombro y el ojo bobo que tienes!, le gritó. Aquella frase, aunque adolorida, la llenó de valor; de ese valor que otorgan horas inmensas de creerse menos y tragar en seco.

Ese mismo día, al oscurecer, regresó borracho maldiciendo la casa y la niña. Ella se transformó en una fiera. Y como lo que tiene que pasar, no se demora, le fue encima con una manguera. Lo golpeó a diestra y siniestra hasta derribarlo. Aparentaba haber muerto. El susto de creerlo apagó su ira. Llamó en pánico a los vecinos. Lo trasladaron a urgencias. Le explicó al resto que llegó borracho y golpeado, quizás de una reyerta.

Estuvo dos días sin conocimiento por un infarto cerebral; la tensión arterial disparada, con una hemiplejia marcada y sin poder hablar.

Regresó a la casa en un sillón de ruedas, deprimido y en silencio. Solo sí o no con la cabeza. Luisa se sabía vengada. Por la ferocidad del marido había derramado lágrimas de sangre sin cosecharlo. Su realidad creyó fuera un castigo.

Una prima de ella venía por ratos para ayudarla. No pudo trabajar más. Como la malaventura tiene alas, Ernesto regresó al pueblo, y fue a verla. Se abrazaron en la sala como dos que hacía un siglo no se veían. Máximo lloraba viéndolos, invadido por un temor que lo reducía a partícula.

Luisa se envalentonó de nuevo, le dijo que buscara sus cosas y que se mudara con ellos, que pondría a Máximo en otra habitación, y que en cuanto estuviera lo del divorcio lo llevaría para casa de una hermana de él.

Máximo enojado, oyéndolos sin pronunciar palabra, decía no con la cabeza sin poder meter la cuchareta.

Al concluir Luisa la historia, Víctor, un poco alejado de ellas, le hizo señas a su amiga (que diera tijera a la conversación con aquella, de que fuera con él un momento).

—Con tu permiso, déjame ver qué quiere mi primo. — intentando guardar la forma.

Ambos se encaminaron al principio del coche, hacia el espacio de donde brotan las escalerillas.

—¿Dime?

—Sé que estas obstinada de acompañantes. Venía a conversar un rato contigo. Ya estamos llegando.

—¿Llegando? y falta tanto todavía.

—¿Por qué no recogemos tus cosas y vienes conmigo al coche comedor? Allí es mejor. Vámonos princesa Sofía, dale.

—Me da pena con la muchacha, me contaba, ya se hizo mi amiga.

—Ella, acabada de llegar. Nosotros treinta años buscándonos, tú lo dijiste, yo me lo creí. Ahora me das una patada. No si cuando yo lo digo, ¿qué le deberé al mundo? ¿No te interesa oír la mía?

—Por favor, no te pongas trágico a esta hora. ¿Está bien?

Víctor recogiendo su equipaje dijo: —Ele, ¿echaste a Guantánamo aquí dentro? Ella sin responder se puso la mochila. Recogió la jaba azarosa. Se disculpó con la compatriota de labores, y quedaron en llamarse por teléfono más adelante, desde sus centros de trabajos. Hay cada historia, el acontecer del día a día es más increíble que cualquier ficción de la realidad.

Víctor colocó el equipaje de Elena sobre uno de los asientos. Ella empujó con el pie a la temeraria, debajo de este. Era grato permanecer en el coche comedor. Existía una barra parecida a la de los bares, pero sin asientos. En ella se acumulaban los aseguramientos del viaje. En un pasado, en la pared del frente a la barra, debajo de las ventanillas, hubo mesitas para dos comensales. En la actualidad, ya no las hay, todo ese espacio sirve para llevar paquetería, bultos, encomiendas de otras personas, que los envían sin viajar ellos, para que sus familiares los recojan en la Estación Central.

Crearon en una tercera parte de la capacidad real del coche varios asientos pegados a la pared; de frente al mostrador, como los asientos de un cine. El baño perteneciente estaba mejor conservado. Las ventanillas selladas, por el aire acondicionado del ayer. Había a lo largo del coche tres ventiladores de techo.

Elena y Víctor se acomodaron en los primeros asientos, un poco distante del mostrador.

–Dime, no es mejor ir aquí, que en la turbulencia de allá atrás.

–Tienes razón. Tráeme un Cubalibre con bastante hielo, por favor.

–Lo que usted pida princesa –se rieron los dos. Si no hubieras viajado hoy, se nos iba la vida y no nos hubiéramos conocido. Tú sabes, cuando estuvimos en el campo tuve ganas de hacer una hoguera para los pescados, con hierba y palos, pero me dio pena, como son pocos, para tu hijo y ni sal teníamos... ¡Cuidado no sirvan ya!

–Tranquilo, se los cocino al perro. Vamos, comienza con la desventura porque no me la creo. Con esa faz de gozador que tienes. No se lo digas a nadie, escribo cuentos.

–No jodas. ¿Eres escritora?

–De libros sin publicar, acumulados en mis gavetas y el buró de la Biblioteca.

–Oye eso, qué cosa tan fina, tener el honor de conocer a una escritora.

–¿Tú sabes el seudónimo que uso? Ya lo conoces, Sofía.

–Mima, es que tú me pones a delirar con cuarenta de fiebre: hablas lindo, sabes tanto, debes escribir lindo también. ¿Cómo aprendiste hacer eso?

–Mira, siendo niña, cuando le pedía a mi padre que me hiciera un cuento, siempre me narraba uno distinto. Le gustaba leer (de todo), compró y se hizo de una colección de revistas Sputnik (soviéticas), ¿Te acuerdas?, traían artículos de variadas temáticas, todas muy interesantes. Mi madre era muy callada, sería, a lo militar, dando órdenes… Contándole un relato a una compañera de la primaria me dijo que nunca había oído esos, y mira que a ella le hacían. Entonces le pregunté a mi padre que, ¿dónde leía aquellos?, me contestó: Yo no los leo, los invento cuanto tú me escuchas, entonces le repliqué: Pero cópiamelos en un papel, su respuesta fue: Son cuentos para oír no para leer, ya verás que tú también se los vas a hacer a tus hijos. Así mismo, si te digo que no sé cómo aprendí. Puedes preguntarle a Osmany, mi hijo, sin contar las guayabas que metía en la sala de los niños, de la Biblioteca Pública donde trabajé una temporada.

–Entonces haces cuentos desde que eras una niña.

–Más bien adolescente. El primer cuento que hice (escrito) lo titulé: La gata. Era sobre una que vivía y moría echada en la terraza de la vecina. Un día le pregunté, a la gata, si no se aburría o cansaba de dormir a toda hora, ese es el cuento, lo que ella me respondió, por eso dije hace un segundo la palabra: moría, porque eso mismo pasaba delante de todos y nadie se daba cuenta, solo a mí me lo reveló y yo me comprometí con ella a escribirlo.

–Mira cómo se me paran los pelos –le enseñó un antebrazo. Tienes que darme alguna de tus cosas para leer.

–No sé, quizás nunca más nos veamos. Acuérdate, estoy casada y los hombres todos son celosos.

–No, el marido tuyo es un tiburón. Yo ni muerto te autorizaba por casi veinte horas en un tren, sola, con esa magia que tienes.

–No seas tan meloso; me va a dar un pico el azúcar, y con el bajón que tengo. ¿Me cuentas o no?

–Ahora como ya sé que esto va para un libro, te voy a detallar como fue en la vida real, sin guayabas, la verdad verdadera. Te cuento: Somos dos varones y una hembra. De Lawton, toda una vida. Rolo mi hermano vive en Canadá desde el año de la bomba y se tomó la coca cola del olvido. Mi hermana es mi apagafuegos. Mi padre fue militar, *pincho gordo*. Estuvo preso bastante tiempo por traicionar al comunismo. Dicen que a mí me hicieron en una de las visitas de mamá. Se poco de él; yo era el más chiquito. Al final, enfermó de los pulmones y murió en la cárcel. Menos mal que no nos quitaron la casa. Mi madre, muy trabajadora. En su taller textil y hasta de noche en la casa< tremenda costurera. Con un carácter de marañones. Nos daba unas tundas... Cariño como tal recibí de una negra que fue criada de mi abuela, y después se quedó a vivir con nosotros, claro, en la casita de desahogo del patio. Eso pudo darse porque mi abuela hizo que mi madre lo prometiera en su lecho de muerte, que no la desamparara. Jana hablaba extraño, dicen que era jamaiquina, de aquella isla. Una mula de trabajo para que mi madre no faltara al de ella y pa nosotros. Nunca mi mamá le daba dinero, decía que ya con tener techo y comida era bastante. Le regalaba la ropa que no usaba. La pobre negra, que siempre tuvo alma de esclava, jamás le alzó la voz a Zenaida (mi madre). Nos quería mucho, decía que nosotros éramos los niños blancos que no le dio la vida. Jugaba conmigo, cantidad.

En una temporada trajeron para la casa a un tío, por parte de mi papá, con problemas en la vista, un hijo de puta según todos, le dijeron a mi madre que como ella disfrutaba la casona, gracias al hermano (mi padre), tenía que encargarse del tipo, pero mi vieja, que no era fácil, en unos meses reaccionó, lo zumbó con otro familiar. Ya ella tenía bastante con ser una mujer sola y con tres muchachos.

Zenaida enfermó, y Jana siendo una vieja, pero fuerte y derechita todavía, estuvo al pie del cañón hasta que le dio el patatún. Ah y aun vencida, mi madre, no dejó de patearla. Hasta que la enterramos. Yo, en el servicio militar. Nunca me gustó la escuela. Lo mío era trabajar. Un tío, hermano de mi madre, me enseñó hacer de todo, y el béisbol; soy fan del bateo. –Elena sonrió picaresca, Víctor captó rápido y continuó: Sí, a ese bateo también. Ya mis hermanos se habían casado. Uno voló, y la otra tenía su casa. Imagínate, con el estipendio del servicio militar no podía hacer mucho. Mi hermana Zenaidita, que se casó con un tipo de dinero y que no salió a la vieja, en nada, siempre me tiraba *un salve*. Terminé lo militar. Empecé a trabajar en la fábrica de cigarros, y Jana enfermó. En unos meses guindó el piojo.

La bóveda de que disponíamos era de mi tío, allí estaba enterrada mi madre. Dije a mis hermanos: Ahí mismo, bastante se jodió con nosotros. Mi hermano Rolo, dio la casualidad de que estaba aquí, aquella hora: Acuérdate el odio de Mima por los negros, ella no va a estar de acuerdo que la negra le esté encima.

Entonces yo: Mira Rolo, la vieja no se va a enterar, además, que se joda, bastante mala agradecida fue. Ahí se armó, el dime que te diré y después de varios cojones, muy criolla la funeraria aquella tarde, logré que la pusieran sobre la caja de mamá que, por cierto, no se había desenterrado, hubo que pagar por fuera, los del cementerio decían que no, pero se hizo. ¿Quieres que te diga más? A los dos años hizo falta desocupar la bóveda, y me mandaron a mí. Llevé dos bolsas de nailon y talco para sacarlas a las dos. Cuánta sorpresa recibí al mirar pa abajo. Se rompieron las cajas. Los dos esqueletos como si se hubieran fajado; todo ligado y desarmados. No me iba a poner aquella hora a analizar, cuáles eran de mamá o de Jana. Metí a tol mundo en la bolsa con talco, y pal osario de esa misma tumba. Muerto el perro, se acabó la rabia. Aquel día recibí una lección bárbara; no te puedo decir con palabras. Uno no puede despreciar ni abusar de nadie, es mi concepto. Tengo mejores recuerdos de Jana, que de mi madre que era blanca y bonita. Dime qué te parece, da para un cuento.

Elena no lo interrumpió ni con el pensamiento. Tuvo la revelación de parte de sus ojos que era cierto su discurso.

—Claro que da para un cuento, acabas de redactarlo tú, yo solo voy a transcribirlo.

—Si no tienes grabadora, ¿de dónde vas a sacarlo?

—De aquí. —señaló su cabeza—, si no fueras policía qué otra cosa te hubiera gustado hacer.

—Me gusta pintar, hacer garabatos de gente fea, cosas sin importancia, el deporte, ayudar a cualquiera. Yo he aprendido muchísimo por la izquierda, fuera de la escuela. ¿comprendes? Me gusta trabajar, buscarme la vida, no me considero pastoso, ni vago, nunca fui *hippie* ni churroso, ni en la edad del *fumaito* para comprobar.

—Y ¿de tus amores? Tienes cara de un perfecto Casanova.

–¿Quién es ese?

–Giacomo Casanova, se le conoce sobre todo como un hombre galante, famoso por sus conquistas amorosas; que en toda su vida fueron muchas. Figúrate que hizo un libro, llamado: Historia de mi vida; en la que escribió, con máxima precisión y franqueza sus aventuras, sus viajes y sus innumerables amoríos. Eso sí, las aventuras con diversas mujeres las mostró con elegancia, lo que hizo de él, popularmente y a través del tiempo, el ideal de amante y aventurero. Su apellido se convirtió en arquetipo del amante seductor. Queda de él una producción literaria muy vasta. Ah, y fue bibliotecario también. He leído bastante sobre esto.

–Mima, yo me quedo bobo, cómo tú sabes de palabras raras. Yo me he enamorado miles, qué digo miles, no acabo. Ahora mismo ya te dije, estoy derretido por ti. No puedo escribir un libro como ese tipo, porque no me lo van a publicar. –achicando sus ojos, sonrió.

–Dale, en serio, ¿cuántas veces te has casado?

–De papeles, dos, y ya, no firmo ni uno más. Si acaso el Acta de Defunción. –sonrieron los dos.

–Sé maduro, dime.

–*Jevas* no te digo, porque se me perdió el listado. Me casé por primera vez con Miriam; divorciada con una chamaquita. Me encariñé hasta con la suegra. ¿Si te digo?, yo no sé la mala fama que tienen las suegras, las que me han tocado a mí son mejores que mis mujeres, vaya, me han querido cantidad. Las hijas me votan, y ellas, "No te vayas Víctor". ¿Será que se enamoran de mí?, –Elena se reía de sus ocurrencias–. Una amiga de Miriam se puso pa mí, y metí la pata, ella me cogió. Fueron como tres años de matrimonio. Dijo que no perdonaba. Mentira; ya estaba aburrida de mí.

Después vino Lizet, cerca de ocho años y yo, tranquilito. Me cuidaba hasta de las guasasas. Por ella vino lo de policía, era trabajadora del MININT. Resulta que comenzaron mis sospechas, para no demorarte el trago; cuadré con un amigo mío y me trajo evidencias. Seguía, escondida por ahí, con el ex, antes que yo, que según ella la golpeaba y todo. Sentí tanta rabia. Ese día supe porque hay gente que pierde el seso y mata a otro; eso es duro, camarada. Ah, y todo parece indicar que no preño. Nunca me han dado la noticia. Y ya, de ahí pa acá, ligo, me junto, estoy una temporada. Este trabajo en los trenes no les cuadra a las mujeres.

–En este momento, ¿hay alguien esperándote? No me engañes por favor; para que los lectores puedan creerlo.

–¿La verdad verdadera? Es que estoy más solo que cuando nací. Suerte que se hacer de todo en una casa y fuera de ella también. Hace varios meses que no cuelo el bichito...digo, ni café, –Elena agrandó los ojos. Entonces él disparó irguiendo su dedo índice: –Perdón; te respeto princesa. Suerte que tengo techo y no le doy perro muerto a nadie, en Lawton entre Dolores y Porvenir, y 8345, como el número de este tren.

Llegaron a la estación de Santa Clara. Bajaron unos pocos y subieron numerosos viajeros. Ya es hora de seguir y el tren continuaba detenido.

–¿Y ahora qué pasa?

–Vengo para acá. Voy a ver quién se metió en medio –dijo Víctor.

Elena se encaminó al baño. Ardía en deseos de bañarse.

Cubana, júrame que nunca volverás a montarte en este tren hacia Guantánamo. Si tienes que volver que sea en los ómnibus nacionales; aquellos tienen aire y son veloces.

Transcurrió un plazo largo. Su pierna cruzada no dejaba de zarandearse.

"Debo tener la cesta de ropa hasta el moño, los calzoncillos quizás, pero los pantalones y camisas ni con la guardia lava."

Víctor regresó limpiándose las manos con un paño ennegrecido, al parecer de grasa de motores. –Mima, ahora sí se jodió esto. Los maquinistas están analizando el desperfecto. Me mandaron con el jefe de la estación. Me va a llevar en una moto a casa de un tipo que se las sabe todas sobre estas máquinas antiguas. Como vas a quedarte solita ve durmiendo. Cuando vuelva de *la pincha* echaremos un palo rico. –le dejó un beso en la mano del pecado y se fue.

Elena miró su mano besada de nuevo. No entendía el por qué este loco la hacía renacer de alguna manera. "¡Qué cosas se le ocurren!"

–Compañera, ¿tiene fuego?, se me acabó la fosforera. –le preguntó una ferromoza

–No, no fumo.

Regresó el resplandor, el que saca cosas de antaño. Ella nunca ha fumado, sin embargo, transportaba una fosforera en su bolsillo hace unos cuantos años, ya verán el porqué.

El último hueco

–Oye, ¿tú eres Elena? Te llaman de la enfermería para rasurarte el ano. –así me dijo una acompañante.

Por dicha le tocó la guardia de una enfermera. Aun así, sentí vergüenza, y una cosquillita; oyéndose mi risa por todo aquello. Ella pasándola bien: me hice la del chiste, que no es mi fuerte. Nunca imaginé verme en estos trajines.

Las hemorroides se encumbraron por indicar una palabra. Tenía un trombito negro, no había otra elección. Desde el parto del niño empezaron a dar qué hacer. Ellas se alebrestan por crisis. Se resuelven por lo general con baños de asiento, pomadas, antinflamatorios. Me he convertido en una master con las alternativas, de cuando no hay la medicina que llevo, algo común en estos vientos, por ello reviso en la Biblioteca Médica donde trabajo. Pero al final, regresan y joden cantidad. Experimento un dolor desde" el punto cero", que baja por cualquiera de las dos piernas hasta el calcañar. Ese el recorrido del nervio recibe la señal y la expande como los cables eléctricos.

Yo te digo a ti que no es fácil. Este es el último orificio de mi cuerpo por reparar. A los seis años me operaron de garganta, nariz y oídos. A los veinte y pico, de la lengua. Un tumorcito jodedor. Lo inscribí como Benigno Moreno. Después de la paridera y la barbarie, por ser una mujer de campo, en una Histerectomía vaginal; por desprendérseme el útero. Ya aprovecharon y me corrigieron la vulva, la tenía en candela. Me la dejaron nuevecita. Como leen, de los siete orificios congénitos este era el que faltaba. Qué casualidad.

Llevé una cuchilla de afeitar nueva por si acaso... Los cubanos gracias al fatalismo pensamos demasiado, y una fosforera, aunque no fume. Cualquier cosa es posible en este Período Especial. Los hospitales casi todos tienen plantas eléctricas, no obstante, el diablo son las cosas. Trabajo en uno y hay apagones. Lo mismo al suspender el fluido que al aparecer la provocada. Los cambios no son tan rápidos. O ¿si no hay petróleo? Tienen que ir a hablar hasta con Mazzantini el torero para que autoricen la pipa del diésel y lo desvíen al centro médico. Claro, como las operaciones se anuncian, prevén esto; si no hay combustible no hay picadera. Las urgencias extremas se realizan corriendo, para ello se movilizan todos los factores del hospital.

Anoche, después del afeitado de la barbita secreta, hubo un enema a las once. Qué vacío interior Padre. Estoy limpita por dentro y por fuera. Acabé de darme un "cubazo" caliente de cabeza y todo.

La intervención es ahorita no son las ocho. Dios mediante, si todo sale bien, mañana me voy a casa. Dentro de una semana a la consulta externa. Ahí me toca el primer deazo. Averigüé y lo más siniestro de esta película es la recuperación. Como está agredido, dañado, sensible, hasta el roce con una plumita parece una braza. La primera caca es recordable. Debes llevar un ventilador para el baño. Te mandan a comer gordo: congrí, plátanos, carne, debe formarse un bolo fecal fuerte. Nada de calditos, estoy advertida. Los miedosos de las sopitas se exponen a que el recto se sane contraído. Al pasar los días, cuando choques con la comida de verdad te arriesgas a otro salón. Pueden ocurrir obstrucciones o multiplicarse el dolor, vea, una jodienda. Como soy disciplinada, cobarde, me olvido de los mitos callejeros y hago lo que indica el proctólogo, en definitiva, es quien tiene un doctorado.

Cuando me llevaban al quirófano, con mi bata de botones delanteros, un bolsillo y sin blúmer, el camillero observó la historia clínica que viajaba a mis pies. Con una mirada resbaladiza se dirigió a mí: ––Ahora te lo van a dejar de estreno. Yo le devolví mi cara inerte.

Una enfermera nos recibió allí. Me bajé. El camillero se llevó la que me trajo. Era unidad cerrada: climatizado todo. —Vamos –me dio la bata y la pantuflas verdes–, ponte la abertura para la espalda.

Ya dentro del vestíbulo me cambié, de espalda a ella. Al guardar mi bata y las chancletas en una taquilla, la descubrió. –Acuéstate en esta. –me dijo después de poner una sábana sobre la helada camilla.

Viendo la manipulación. –Dámela por favor.

–No, no puedes pasarla–, la guardó en su piyama verde.

No iba a caer en acotaciones, se me ocurrió: –Dámela, es mi amuleto de la suerte–, me la entregó haciendo un no y con ojos sorprendidos.

Me colocó un troquel en la mano izquierda, con un suero. Me entró al salón. Así deben ser los Polos, pensé. El cirujano me saludó. Entre dos, sujetando las esquinas de la sábana, me trasladaron de la camilla a la mesa brillante. Las luces sobre mí. –Siéntate un momento. –dijo uno, supongo el anestesista.

Se colocó detrás. Me inyectó cerca de la columna la anestesia local. En otro instante me introdujo otra aguja, obesa que atravesó la espina dorsal, por el líquido cefalorraquídeo. Sentía todo con corrientazos a intervalos, pero sin dolor. Pasaron unos minutos. Morí de la cintura para abajo. Entre dos me ayudaron a virarme boca abajo. Me levantaron por el abdomen bajo. Colocaron un almohadón ancho para elevarme las nalgas, bien empinadas. Casi no tengo. El médico colocó sobre ellas un papel del ancho de mis caderas. ––Miren esto, no tengo que usar la mesita del instrumental. Me sirven las llanas de Elena. –recibí un golpecito por el muslo, y celebrándome: –Eres bonita, hay que eliminar estos bembos feísimos, te lo dejaré como uno de blanca. –dicho sea de paso, él es negro con labios prominentes.

Asimilé sus ocurrencias. Sonreí reservada, pretendiendo ignorar que el terror de los océanos profundos se me había colado en el cuerpo, expulsándolos en chorros de sudor. Mi rostro y el cabello empapado. El seguía: ––Tú no te pones bravita, ¿eh? Le dije que aprovechara. No podía revelarme.

Comenzó el trasteo. Colocó un espéculo, abría. Tuve la sensación de que de hueco se convirtió en un túnel. Limpiaba con un líquido en atomizador por dentro y por fuera, y con una estopa lo menos, porque me movía el cuerpo. Luego lo retiró. Me dijo: –Abre la boca y respira por ella sin apuro.

Escuché un ruidillo de un equipo y un olor extraño. Cortaban también. Irrumpió en mi mente el carnicero de los bajos de casa. Se escurría sangre por el interior de mis muslos.

Antes de iniciar la limpieza preoperatoria se alzó una melodía rara. Ya me habían advertido: "El cirujano tiene creencias religiosas y entona un cántico a sus santos". El tiempo de la intervención sería cuestión de media hora. Oraba al Señor para que tomara el control de todo cuánto ocurriese. Un poco encrespada con los demonios acompañantes, de seguro, en su ritual. Lo necesario debió estar sobre mis nalgas porque solo oía su tonada y no pedía otros útiles.

Me comenzó un temblor generalizado.

–Elena relájate, todo va bien, no puedes mover las nalgas.

–Médico, no está en mí. –oyendo los instrumentos metálicos que por mis temblores chocaban entre sí, pareciéndome los sonajeros de las casas.

La enfermera me hacía preguntas. Colocó un efimo en el brazo derecho. Me sugirió abrir la mano, le dije: –Tengo esto.

–¿Para que la traes? –tomándola.

Volví bajito con lo del amuleto y sin terminar la frase, en ese mismo minuto, el cantante enmudeció. Todos quedamos en silencio, a oscuras. Como ella ya la tenía la ejecutó y se hizo la luz.

Ah, uno de ellos fue a la entrada y dio un grito hacia afuera: – –Apuren la electricidad por favor, que se está operando un culo.

***

Cubana, ¿habrán encontrado al hombre reparador de antigüedades ferroviarias?

Una anciana atractiva, refinada se acercó tambaleante al mostrador. Se recostó, le dijo al empleado que necesitaba agua para una píldora –la portaba entre sus dedos–. El hombre buscó debajo del mostrador, extrajo un vaso plástico, de los de ellos (siempre llevan una reserva de agua para la tripulación). Cuando iba a entregárselo con agua la mujer cayó al suelo. Otro empleado se acercó rápidamente y entre los dos la levantaron, la sentaron. Elena sacó de su mochila el abanico, y fue en su auxilio. Le comenzó a poner aire en su rostro amarillo–verdoso. Llegaron otros empleados. Ella recordó un viejo libro sobre Acupuntura... le presionó un punto –––debajo de la nariz, sobre el labio superior–. Lo estimuló con su índice (apretaba y frotaba), con la otra mano continuaba aventándola. La mujer desfallecida poco a poco regresó. El hombre buscó la píldora en el piso (nadie la había pisado), la limpió en su chaqueta y se la entregó con el vaso de agua.

–Tómesela. ¿De qué padece usted? –dijo Elena.

La mujer desmadejada, si bien consciente, después de tomarla habló: –Debe ser la presión, me zumban los oídos.

–Relájese, quítese los mocasines, suelte el cuerpo, los brazos, a ver, póngase flojita, recuéstese un poco para atrás, un ratico, yo seguiré echándole aire, vamos coja bastante aire. –dijo Elena sentándose a su lado.

El resto de la tripulación se dispersaron luego de recoger el vaso.

La señora intentó hablar. Elena le hizo una señal con el dedo en la boca cerrada, de que no y: –Abuela, trate de no pensar. Es difícil ahora mismo. Si vuelve a conectarse con la rotura de este monstruo, le reventará la carótida, y el medicamento no hará el efecto, tiene que calmarse.

—Mija, ¿tú eres medico?

—Para nada, es que leo mucho, ah, y trabajé una temporada en un hospital.

La señora quedó por un buen rato sedada. Hubo un momento que le sujetó la mano a Elena, pero como esa era la que abanicaba, le dijo: Pasa el abanico a la otra y no te canses. Ya me estoy recuperando. Quiero tu mano conmigo para no sentirme tan sola, para que me des un poquito de tu ánimo, ¿eh?

Elena obedeció. Siguió con la zurda. La señora le tomó la mano (de la culpa), atesorándola para sí sobre el brazo del asiento.

Cubana, suerte que no das crédito a eso de traspasarse esencias de una persona a otra. Tuviste que suspender la brisita porque la mujer parece que se dormía y ya notabas cansancio en la que fungía como ventilador.

Al rato la señora se espabiló. —Gracias, hija. Ya estoy bien; es la presión. Estoy hecha trizas. Nunca he montado trenes. Estuve tres meses con mi hermana en la finca. He pasado mucho. Ella quiso que fuera para ver si me recuperaba del castigo que pasé, sin merecerlo.

Elena pensó en una pérdida familiar, y permaneció en silencio.

—Voy a contarte, para que me digas si eso se le debe hacer a una persona, no fue fácil, muchacha.

Interrumpiéndola: —No rememore nada, le hará mal. Máxime si sufrió por ello

—Necesito desahogarme. Por favor, escúchame, me llamo Alma.

—Está bien Alma, la escucho. "Qué signo verán en mí, caballero, todo el mundo quiere contarme sus desgracias".

Se paró frente a la casa mohosa; pintura verde gastada por la luz y el viento de los años. Una casona abandonada y solitaria. Subió al portal y sin pensarlo dos veces, tocó el timbre. Se abrió la puerta.

–Buenos días, vine porque una vecina me dijo que usted necesitaba una empleada.

–Buenas. Adelante. ¿Quién le dijo?

–Aurora, la mujer del chapista.

–Ah, perfecto. Si ella te mandó para acá es porque puedes estar. Siéntate.

La recién llegada pasó revista rapidito.

–Ya ves. Un hombre solo... –sonrió –. ¿Eres amiga de Aurora?

–Amistad como tal, no. Nuestros patios colindan por detrás. Me dijo que ustedes son amigos.

–Pepe el chapista fue mi mejor amigo. Ahora me siento más solo que al partir mi hijo para Francia, detrás de su mujer e hijas, ya hace seis años. Pepe dejó un vacío...Como soy mayor me tocaba a mí primero, y mira, se marchó él. Déjeme explicarle.

Comenzó lunes y jueves. Fue extenuante; demasiada suciedad. Aparte, de que ya cumplió sesenta, –se dice fácil–, sin embargo, a todo el mundo a esa edad le molesta algo. Un hombre de setenta y dos, viudo hace cinco, es difícil que cambie sus hábitos. Pasaron dos semanas.

–Le gusta médico, ah, es la costumbre, ¿cómo le dejo la casa?

–Ya no soy pediatra. Malamente me receto y ni me curo.

–Vamos, no se haga... vio a mis hijos tantas veces. Fue un buen médico; no puede recetarse mal.

—Mira eso, a mí me conocen tantas personas que ni imagino, y usted ¿trabajó?

—Soy jubilada de estadística del Policlínico. Viuda hace cinco. Ahora hago trabajos domésticos. Tengo dos hijos que no les parece bien, ellos tienen sus familias, sus trabajos, no me gusta ser carga para nadie. Lo mío me lo busco yo.

—¿Tienes otro trabajo?

—Tengo dos planchas a la semana, en dos casas de mi barrio. Ahora usted.

—Qué bien que tiene ese ímpetu, y que se siente bien.

—No crea ni le digo tampoco. Si cojo la cama, es peor. Por cierto, le aconsejo que no duerma tanto, sabe por ser médico que la cama solo da oxidación y vejez. Gracias a Dios está cuerdo, hay muchos de setenta que les patinan las neuronas.

Antonio quedó reflexivo. Casi no conversaban. Se movía por las habitaciones como un duende. Después que Alma dijo aquello, pensó que era bastante atrevida para en pocos días, le dijera en su cara que era un dormilón. Había pensado, luego de conversar con Aurora, entregarle una llave para no tener que quitarse las cobijas tan temprano. Se arrepintió.

El siguiente lunes Alma antes de irse le dijo: —Antonio no he visto un machete en toda la casa, ¿no tiene?

—No, ¿por qué?

—Si quiere le traigo uno. No sé cómo no le han puesto una multa, los de Higiene, porque la hierba del patio ahorita da al pecho.

Aquello fue una bomba. "Esto es lo único que me faltaba".

—Por la cara que puso, veo que no... Si quiere paga la chapea, la recogida del patio; yo solo le doy la idea. Por otra parte, a usted le hace falta un poco de ejercicio físico. No hablo de correr ni de gimnasios, en esta casa hay mucho trabajo de hombre que,

aunque quisiera ayudarlo no puedo. El patio, luces que no
encienden, el grifo de la terraza está roto, y a propósito, ¿quién le
lava?

–El Lavatín, los sábados.

–Ya decía yo.

–¿Puede decirme?

–Qué no queda bien allí, todas juntas, poca agua.

–Y usted, ¿por qué no me lava si lo hace tan bien?

–Págueme la ropa. No hay problemas.

Acordaron un nuevo salario. También vendría el sábado a
lavar. Esta vez puso ella el precio. Al médico le pareció caro, no
obstante, aceptó.

Le pidió permiso a Antonio para arreglar un radio viejo que
encontró en un closet. En cuanto llegaba ponía el radio, no en
alta voz, pero, como casi no hablaban se oía por toda la casa. Le
gustaba estar informada, la música. Antonio comenzó a recoger
sus cosas personales; todo lo que por años descuidaba. Ella no le
decía directo, refunfuñaba bajito y con el radio… una vez él le dijo:
¿Puedes repetirme lo que hablabas bajito, de este cuarto?

–Que es el nido de un gallo viejo –se le rió en su cara.

Antonio optó por salir para la cocina por no sonreír también,
se le ocurría cada frase.

Pasaron varios meses. Antonio chapeó, recogió todo, pidió un
carretón al vecino y botó muchas cosas en desuso. Hacía los otros
arreglos, el día que ella no venía. Al siguiente, al ver la novedad,
Alma le aplaudía enfrente con: ¡Vaya, vaya, al fin!

Alma era muy querida por su familia. Se acostumbraron, a que,
de lunes a viernes trabajaba para Antonio. Le subieron el pago,
limpiaba, lavaba, (traía la de ella y al final, dejaron el lavado para
los viernes), planchaba, cocinaba el diario y lo del fin de semana,
además, compraba los alimentos. Antonio tirado en la cama al

mediodía del sábado. "Cómo extraño a la loca, se ha convertido en el alma de esta casa, de aquí al lunes, qué silencio, qué soledad. Se mete en todo, pero sé lo que tiene en su cabezota. La casa es otra. Es noble. Creo que voy a comprar pintura para que no joda más, con qué la casa parece un barracón de negro viejo. Soy mulato, ella no es tan blanca nada"

—Buenos días. —dijo Alma.

Al entrar a la sala lo ve sentado en el sillón, vestido para salir.

—¿Y eso, hoy es tú cumpleaños?

—Voy a comprar pintura. ¿Qué color tú crees?

Después de los aplausos acostumbrados, y él vaya, vaya, fue proponiendo colores según las habitaciones, de manera, que todo no fuera el mismo tono. Lo despidió en la puerta. Fue corriendo por su radio.

"Mira que preguntarme qué colores, la verdad, creo que lo he colado en mi bolsillo. Pone una cara si me demoro, siempre dice: Creía que no venías, que te pasaba algo... Si él supiera, que me apareció otro trabajo, me pagarán más, pero tener que cuidar un viejito, bañarlo, hacer peso, ya me he acostumbrado a este. Antes se encerraba en su cuarto a leer, era mudo. Ahora tengo que decir que no me dé más lata, que me atraso".

Antonio contrató a dos pintores. En una semana todo quedó muy acogedor. Alma compró macetas y sembró plantas. El día que cobraron, recogieron sus pertenecías, ya se iban, uno de ellos dijo: —Dele las gracias a su esposa por todas las atenciones.

Él no aclaró nada.

Por la noche, con la casa cerrada, se quitaba toda ropa, así veía la televisión. De ese modo circulaba. Una noche de insomnio pasó por el espejo grande del segundo cuarto. Se miró —hacía casi un siglo que no se miraba en cueros—, se dijo: "Ella me agrada, es gordita, pero está bien. Estoy del carajo. ¿Me tiro o no me tiro… daré pie en esa laguna? Y ¿si se molesta y se va?”

Alma, de reojo, al verlo afeitándose en un espejito de la terraza. “Es un hombre interesante, aún se conserva. Me acuerdo cuando le llevaba a mis hijos. Usaba unas camisas a cuadros, y la bata blanca, se veía durísimo. Ahora está de madre; cómo ha engordado, la ropa le queda que parece un bobo, tengo que proponerle que busque otra talla. ¿Mira quién habla?; con la barriga, la celulitis, las varices y estas tetas. Ni muerta me quito la ropa delante de otro hombre. Qué va, no puedo. No me creyó el otro día que Luciano fue mi primer novio y único hombre. ¿Será que ve me cara de puta?”

Pasaron el primer invierno. Alma hacía algún señalamiento, se cumplían las ordenes, sin darle la razón por supuesto.

Vino el hijo de visita con la familia. Estuvieron una semana. Alma venía todos los días; se iba rápido. Trataron de convencerla que compartiera con ellos; no quiso. Antonio parecía no tener dónde posarse.

Al irse la visita, él le reprochó. Entonces ella: −No es por nada malo, es que a veces termino temprano y por acompañarte me voy tardísimo. Tengo que ajustar los horarios. Apareció un recién mudado para mi barrio, quiere conversar, y…

Casi saltó del sillón. −Qué tienes un enamorado y ahora ya quieres dejar el trabajo.

−No he dicho eso, digo que tengo que tomar medidas. A lo mejor la gente cree que tú y yo estamos, y eso no me conviene, porque no es verdad.

Caminó hacia ella. En un arrebato la abrazó, diciéndole: −No te vayas, tú eres el alma de esta casa. Ya no se vivir sin ti.

−Será, sin mis pesadeces. Te la pasas criticándome porque hablo demasiado, “todo lo que se piensa no se puede decir Alma.

Apaga el radio por favor, que no eres periodista." –imitándolo jocosa

–Quédate a vivir conmigo. Si quieres no hacemos sexo. Duermes en otra habitación; puedo aceptarlo. Pero la soledad, no. ¿No sé por qué no te conocí antes?

Ella le tomó la barbilla. –No me has dicho si te gusto, gorda, media loca, como me llamas. Oye, y no nos conocimos antes porque tenía marido y lo quería.

–¿Yo te gusto? –dijo él casi en susurro.

Ella fue quién lo abrazó. Se besaron como las enredaderas que habían crecido durante aquel veloz año. Antonio le fue quitando la blusa y conduciéndola, a besos locos hacia su cuarto. Ella sonriente le obedecía y anunciaba: –¡Hay Dios mío!, esto es igualito a: "Tierra de pasiones", la que estoy viendo...–no la dejó terminar, mordiéndole los labios casi balbuceaba: –Será que no te callas ni pi.... –¡Oh, qué médico más vulgar y qué rico!

Más tarde en la cocina, ella le confesó que *lo otro*, fue un truco para leer su reacción y comprobar qué sentía por ella; no iba a preguntarle a rajatabla.

Pasaron el siguiente año viviendo juntos.

Después de ver un filme sobre la herencia de una fortuna, antes de acostarse a Alma le vino a la boca:

–Tony ¿has pensado alguna vez en hacer un testamento?

–¿Crees qué muero pronto?

–No es eso. Uno es viejo, puede morir cualquier día. Eres hijo único, estás solo.

–¿Acaso aceptaste quedarte conmigo por heredar la casa?

–Claro, desde el primer día me dije, Esta casona será mía, la pondré a mi gusto y mira, ya soy tu esposa, ya está como yo quiero.

Antonio no lo asimiló. Salió a la terraza en solitario y pensativo.

−Por favor, Tony, es medianoche, vamos a acostarnos, era un chiste, tengo mi casa con mi hija. Si me he quedado contigo desde el primer día es porque aprendí a quererte y nos necesitamos. ¿Acaso no eres feliz conmigo?

−Acuéstate tú. No estoy bravo.

Ella se arrepintió. Jamás imaginó aquella reacción, como se pasaba los días mortificándolo y decía cosas sin medir las consecuencias, hasta ese día.

Después de una larga y fría semana todo regresó a la normalidad.

Un día Antonio amaneció con fiebre muy alta. Le diagnosticaron: Dengue Hemorrágico. No quiso ingresar. Ella le preparó un cuarto con mosquitero para pasar la epidemia. Lo cuidó como a un chico. Pero, a la semana se le presentaron muchos vómitos y ahí, sí hubo que ingresarlo. Luego a Terapia porque se descompensó. Al segundo día de hemorragias rectales, falleció. Queriendo dictar algo, llamaba a Alma desesperado. No dio tiempo. Ella había ido a la casa a buscar ropa limpia. Pasaba noches y días en el pasillo de Terapia.

El regreso sin Antonio fue una pesadilla. Vino un hijo a acompañarla por unas semanas. Luego se mudó un nieto con ella. Pasaron cerca de seis meses. Poco a poco fue acostumbrándose a la ausencia. Enviudaba por segunda vez.

Tocaron en la puerta. Era Aurora con un documento, diciéndole que lo sentía porque ella había vivido casi tres años allí, no obstante, la casa fue testada a nombre de su hija Laura, con anterioridad, y qué por eso le propuso aquel trabajo a ella y no a otra, para que no se ilusionara con la casa. Y que todo fue pactado por Antonio y ella.

Alma retrocedió un paso. No murió y sobrevivió porque nadie muere tan solo por desearlo. Sorprendida por la novedad, aplaudió como de costumbre, ahora al difunto, diciendo: –Vaya, vaya, gracias, Tony, qué buena me la has hecho.

Cuando terminó la anciana, Elena dijo: Yo hago otra lectura, Alma, me parece que ese hombre la quiso, si todo fue como me contó. Lo que nunca pensó fuera a morir pronto. Se le fue de la cabeza cambiarlo, testar para usted. Es eso, reveses que le ocurren a cualquiera. Le aconsejo que recuerde lo bueno que vivieron juntos. Lo otro no puede cambiarlo. Recuerde que el tiempo lo cura todo. Está viva y estoy segura de que su familia la necesita.

–Gracias, hija, qué especial eres. Me voy para mi asiento. ¿Cuál es tu nombre?

–Elena. ¿Cree que pueda llegar hasta allá, sola?

–Sí, estoy mejor. No es la primera vez. Gracias a tu energía ahora me siento un-e-va–. Le dejó un beso en la frente.

Elena la acompañó hasta la salida del coche comedor. Regresó a su asiento meditabunda. Hace tiempo que sabe, que en cada existencia hay seres que se atraen.

Ella hubiese querido preguntar a cada uno de los viajeros por sus vidas, saber quién tenía un rollo tan gordo como el de la señora y hasta el de ella.

"Dice el niño que la comida en la beca es sancocho. ¿Mariano cocinará para él o, estará a base de panes con de todo, y batido? Qué manera de gustarle a ese cristiano el batido, el helado. Y yo, en plan tortura por la diabetes, solo un tin, aunque quisiera atracarme. Lo que es la vida; de niña, joven y antes de lo del azúcar (eso lo trajo la vejez), prefería lo saladito, ahora, sueño y me desquician los dulces, las mermeladas, lo del cuerpo es terrible. Cada vez que Mariano me suelta eso de que, *Cuando me abrazas entra tu azúcar en mi sangre, se me olvida todo, hasta que se me acabó el salario.* ¡Está de madre! Si me enfermo hay que amarrarlo, y yo… sí, en verdad lo quiero mucho. "

Es necesario que desalojen el tren, tenemos que fumigarlo

Se comió el último pan de la merienda. Ya no había líquido. De pronto se percata que había un camaleón próximo a sus pies. El reptil verde deglutía las miguitas de pan. No resiste los reptiles, pero tampoco la asustan demasiado.

¿Cómo habrá venido a parar aquí? ¿De cuál provincia será? Qué importa, es cubano.

Estiró los pies. Se percató que el lagarto la seguía observando.

Si tienes hambre, escogiste el lugar equivocado. Trató de espantarlo con un pie. Se fue, pero regresó de inmediato. El lagarto la atendía con sus ojos por separado. Daba una hojeada en trescientos sesenta grados, inmóvil, percibiendo cuanta existencia vibraba a su alrededor. El oído humano no llega a tanto. "Qué extraño, me parece una persona. "El ir y venir de los empleados, el ferrocarril varado, el sosiego la embelesaron. Se recostó, cerró los párpados.

"Con la lengua prolongada el reptil trataba de estrangularme. Empecé a gritar por auxilio. Nadie. En un esfuerzo, con mis manos, me desprendí de su apéndice hirviente. Corrí hacia detrás del mostrador. Encontré un machete. Ahora, frente a mí con los ojos de fuego. Horrorizada de pies a cabeza, convirtiéndome en un samurái le partí para arriba. Cortándole casi toda la lengua. La había disparado tratando de enrolarme una pierna. Retrocedió ensangrentado. No sé cómo ni de dónde reapareció otra lengua. Como una saltadora de olimpiadas hui a una esquina del coche. Sola; el resto había desaparecido. Di un grito de socorro que se interpretó de inmediato. Súbitamente aparecieron dos hormigas enormes, armadas con AKM, y dispararon contra el monstruo verde. Saltó en pedazos delante de mí. No sé por qué me desolé y comencé a llorar".

Fue en ese momento que Elena despertó con los ojos jugosos, y latidos atravesados en su garganta. Sonrió agradecida. ¿Será posible? Se incorporó. Él camaleón todavía frente a ella. Créanme, sintió deseos de aplastarlo, sin embargo, no tuvo valor, eso es de miserables.

Agarró de nuevo el paño que usó para Chinchila. Con la misma maniobra lo atrapó. Lo condujo a la escalerilla del coche. Lo dejó caer en la hierba, de donde escapó a toda velocidad. Lo despidió así: –Ándate, regresa a tu mundo verde.

Cubana, cómo estarás de estresada que … ¿Acaso no serás una reptiliana y vino por ti?

Irrumpió uno de los empleados solicitando ayuda. Sacaron una camilla (de detrás) del mostrador. La armaron. Sacudieron el polvo acumulado, –parece no se usa con frecuencia–. Salieron hacia los coches traseros. Qué habrá ocurrido.

Curiosa, se ubicó en medio del coche, miraba en la dirección de los que se fueron. Los vio que ya regresaban con alguien.

Se apartó. Al llegar aquellos al centro del coche comedor, advirtió que traían a una mujer. Se acercó. Descubrió que era Alma, la de hace un momento atrás.

–¿Qué le pasó?

–Está muerta. Ahora traerán sus equipajes. –le contestó uno de ellos–. Rosita trae la sábana de estos menesteres. –refiriéndose a otra trabajadora.

Rosita se la entregó. Él hombre la tapó. Colocaron la camilla al lado de la paquetería que se entregará al final del viaje.

Después colocaron dos equipajes debajo de la camilla. La cartera en el pecho. La cubrieron toda de nuevo.

Elena regresó a su asiento. Cada evento en este viaje le ha revelado que la vida es una noticia de cualquier índole, como en las telenovelas hay de todo. Quedó un poco débil y sorprendida, también se le ocurrió: "Tony, Alma ha partido. Quizás allá puedas explicarle."

Continuaron las existencias. No se sabe a qué altura se encuentra la reparación de la locomotora. Nadie da razones; quizás para no alarmarlos.

Transcurrió un tiempo. Se presentó un hombre vestido como las brigadas de la Campaña Anti vectores, acompañado de otro que impresionaba ser un dirigente. Este se identificó, dijo que pertenecía a la Dirección Provincial de Higiene y Epidemiología. Pidió hablar con el jefe de policías del tren.

–Es necesario que lo desalojen completo. Vamos a fumigar, es rápido. No pueden marcharse sin este requerimiento. Se declaró una epidemia en la ciudad de Dengue Hemorrágico. Dentro de más o menos veinte minutos fumigaremos todo el tren. Ya están los compañeros, allá abajo, con las motobombas para el humazo. Deben colaborar todos, por favor.

Se presentó el jefe de policías. El hombre de la campaña repitió la indicación signada por el gobierno y el Partido.

–¿Qué garantía tenemos de los equipajes, compañero? –preguntó Elena cercana a ellos.

–Toda la seguridad del mundo, compañera, para eso estamos nosotros aquí. Tranquila, no habrá ningún evento de robo, se lo garantizo.

Elena recogió su mochila y se persignó (con el pensamiento). Veremos que queda en pie después del este ciclón. Se bajaron poco a poco. Ella se posó en la periferia de la estación. Apareció Víctor con una jabita.

–Dime –le dijo ella.

–Llegó una locomotora que remolcará la rota. Continuaremos. La rotura no tuvo solución. Tienen que repararla en los talleres del Cerro, en Ciénega. Mira pa aquí. –sacó un pomo de agua fría, y un pedacito de pan con azúcar. "Cuando hay hambre no hay pan duro".

–Ay, qué bueno; mis tripas aplauden. –agarrándolos con ansiedad. Ya se habían agotado los caramelos, panes, chocolatines y tenía la sed del Sahara.

–Toma toda la que quieras. Yo ya me embuché. Como me dijiste que tenías lio con el azúcar, por dentro, porque por fuera te sobra.

–Gracias. –se comió el pancito y tomó agua. "Yo debía haber comprado alguito a la viejita vendedora de ayer, ella anunció lo que me pasaría en este viaje y yo de tacañona."

–Vamos a sentarnos en aquel muro hasta que avisen. Darán el humazo con los equipos, dale, vamos. –dijo Víctor, llevándosela por una mano.

La estación de Santa Clara colindaba con dos viviendas. Ya sentados en el muro, teñido de musgo verdoso en su fachada, escucharon voces jóvenes detrás de ellos. Había en el portal de una de las casas un grupo de jóvenes, en ensayo de alguna obra o *sketch* de teatro, porque tenían papeles en sus manos y repasaban por ellos.

Elena cambió de posición para observar a los jóvenes, y le dijo a Víctor:

–Qué bonita es esa edad. Verlos me trae recuerdos de cuando fui actriz

–Me tenías esa ficha tapada. Yo sabía que tú eras de la televisión. Lo que no puedo identificar tu cara. No soy novelero como otros.

–Qué televisión ni que niño muerto, te hablo de cuando el preuniversitario, en un grupo de teatro, tuve anécdotas preciosas...

Clara Elena ama el teatro, fue actriz en su etapa de preuniversitario; en el movimiento de artistas aficionados. Formó parte del grupo de teatro del Pre. Fue la Pascuala de Fuenteovejuna. En otra puesta fue la madre del Apóstol; eso, en una versión que hicieron del poema: "Abdala". Pese a ser aficionados lo hacían bastante bien. Recibían premios. Circuló lo de las presentaciones teatrales por las otras escuelas becadas de la provincia. Los invitaban. Ponían una guagua para llevarlos. Actuaban en esas actividades, siempre de noche, para no afectar las clases ni el campo. Participaron en los Festivales de la FEEM, de ahí los lauros.

Tiene una anécdota graciosa con Fuenteovejuna, del español Lope de Vega.

Víctor se quedó como un niño escuchándola.

–Estábamos en el cine teatro de Artemisa, con más de 600 alumnos de espectadores. Era un festival estudiantil donde participaban varios preuniversitarios de la provincia.

Nos maquillaron y vistieron con trajes de época, los trajeron del ICRT, como los pobladores medievales. En escena Laurencia y Pascuala –yo–. Nos encontrábamos en la plaza principal de la comarca. Nos inventaron con papel maché una especie de fuente, en el centro del escenario, adonde iban los lugareños a buscar agua. Nosotros con unos jarrones también de papel maché, preciosos, parecían de verdad. El Comendador y el soldado acompañante aparecieron. Después de unos diálogos ambos intentaban manosearnos. En una esquina del escenario me enfrentaba a uno de los violentos. Este se introdujo tanto en el personaje que tuve que esforzarme para despegarlo de mí. Logró romperme dos botones de la blusa. En aquella época los ajustadores de las muchachas se abrochaban delante. Al romperla, se me salieron los pechos. Mi jarrón salió dando tumbos por toda la plaza. El soldado se impresionó con mis tetas, y los gritos del público por el cielo. Quedó congelado, se desvió toda la atención hacia nosotros. No vieron que Laurencia y el Comendador suspendieron su riña (en el otro extremo) y también quedaron como bobos observándonos. Suerte que se me ocurrió empujar al violador hacia las bambalinas, lo saqué de escena, comprendes, donde los tramoyistas. Me agarré la blusa con una mano. Fui por Laurencia, con la otra le tomé una mano, y la saqué del escenario diciéndole: Vámonos, son unos cerdos.

El Comendador inmóvil ante la hecatombe. Como era de esperar, el director de escena mandó a bajar el telón. ¿El público?

aplausos, risas exuberantes, creyeron que ... y no se había acabado la obra. Después de unos minutos, se abrió el telón y continuó la puesta. Tuve que ponerme la blusa del uniforme para las escenas que faltaban, figúrate, no había más vestuario. Qué manera de reírnos en la guagua de regreso a la escuela. No nos dieron trofeo, el jurado sí conocía la obra. Recibimos una mención por salvar la puesta.

Hubo otra anécdota que no se le olvida, en la escuela de bibliotecarias, no actuó, fue la directora de la puesta.

Un momento, y a mí ¿quién me paga la carrera?

Preparé para la fiesta de graduación la puesta en escena de: "La Casa de Bernarda Alba", del español García Lorca. La única que conocía algo de teatro era yo, por eso la dirigí. Ensayamos muchas noches. Llegó la hora. Empezó el acto. Y Pepe, el romano, uno de los principales, no llegaba, era alumno externo. Tuvimos que cambiar el guion de la actividad. Se dieron diplomas a los destacados, trovadores, las declamaciones y demás… (llegamos a pensar en desistir de la obra). Ya avanzada la actividad, llegó el que faltaba. Este vivía en Guanabo, tenía que atravesar la Habana de extremo a extremo, en tres guaguas. Estuvo fatal el transporte. Decidió, con el apuro, coger un taxi sin dinero, más tarde narró lo que le dijo al chofer: "Espérate, te traigo el dinero enseguida". Pensó pedírselo prestado a otro compañero–amigo, que siempre tenía efectivo. El caso fue que Ronald o Pepe llegó directo a una oficina, se cambió de ropa corriendo para su personaje. Olvidó la deuda del viaje de Guanabo –Miramar. La alumna presentadora, anunció la obra. Comenzó la primera escena. El taxista como es lógico al ver la demora entró a la escuela. Desde la puerta principal se veía el Salón de Reuniones, con todas sus puertas abiertas, en aquella hora fungía de teatro. El hombre de uniforme azul, donde sobresalía la imagen de un auto en la gorra y en el bolsillo de la camisa, se colocó en el fondo del salón.

En la escena Bernarda Alba, toda de negro, también de negro sus cinco hijas (de luto por la muerte del hombre de la casa). Bernarda hablaba con Angustia, una de sus hijas, sobre la herencia que recibió esta del padre fallecido –marido anterior de la vieja–, y ... Ahí mismo el chofer sin encomendarse a nadie, disparó aquello: –Un momento, y a mí ¿quién me paga la carrera?

Bernarda Alba, la anciana, una actriz santiaguera muy ocurrente, sin salirse del personaje, respondió: "Ninguna de mis hijas jamás ha montado un taxi, así que váyase. Busque por otro rumbo".

–Esto es lo único que me faltaba, señora, él que cogió el taxi es un alumno, macho, de esta escuela, así y todo, me lo dijo.

Con aquellos diálogos, todos quedaron suspendidos, en el aire, imaginando ... (llegaron a creer que hacíamos una versión cubana–moderna–popular del clásico español). El público miraba al fondo al hombre y también delante, a la actriz.

Durante estos diálogos, Ronald, con su traje, haciendo de lince dio la vuelta por fuera del salón y como una chispa apareció al fondo frente al hombre. Le dijo algo, y le pagó. El taxista, sin decir una, se fue. Ronald regresó a su puesto. Todavía no tocaba su intervención (después se supo, porque lo contó, que el dinero se lo prestó el cocinero, que venía rumbo al Salón a ver la obra). La puesta como es lógico se detuvo unos minutos. Todos los personajes quedaron estáticos detrás de la presentadora, como una foto para que me entiendas, ante la suspensión de la obra irrumpió en escena la presentadora, desbocada, diciendo unas palabritas, intentando... (bobadas, ella tampoco sabía). Luego continuó la obra. Los actores desconcentrados. Algunos personajes olvidaron sus parlamentos. A decir verdad, aquello fue un desastre, si bien no se detuvo, ah, y las risitas del público por el aire, pero se hizo. Nuestros compañeros y profesores nos ofrecieron un dilatado aplauso al final. Yo fui al frente también. Antes de retirarnos del escenario la directora de la escuela se dirigió a nosotros diciéndonos: Felicidades a todos los actores. Gracias, nos han hecho pasar un ratico agradable. Pudieras

Ronald, acabado el teatro, hacernos, el cuento, de que pasó con el taxista… Aquello se cayó abajo por las risas, por eso me enteré de las pinceladas que pude contarte.

Víctor seducido con la narración. –¡Qué bonito, Mima; me parece estar viendo un teleplay!

El resto de los pasajeros estuvieron merodeando más de una hora, hasta que se alejó el último vestigio de humo.

Estando libres del humo abordaron de nuevo. Aún permanecía el olor a petróleo quemado. Víctor se retiró a su recorrido. La próxima parada fue en Matanzas.

El tren iba velocísimo rumbo a la provincia Habana. Llevaba muchas horas de retraso.

Elena miró al féretro de Alma. Notó que debajo de la camilla faltaba uno de los maletines pertenecientes a la occisa. Cerro sus ojos y negó con la cabeza. Resolvió no intervenir; ni ella ni sus familiares se enterarán. Quién sería el ladrón: de los del tren, o de los fumigadores.

Uno de los empleados comentó acerca del pueblo por donde iban pasando. "Gracias a Dios ya nos queda menos". Sacó el peine. Alisó todo el cabello. Se lo recogió a modo de una mediana coleta. Tener el pelo de ese modo con ligerísimos flecos en la frente es su porte desde hace más de veinte años. Sacó una cajita de polvo facial, y un frasquito de perfume. Se pasó la motica con polvo y al observarse en el espejito, "Mira estas ojeras, no es para menos", acomodó los flecos de las sienes.

Untándose el perfume, "Debo tener el olor de la abominable mujer de la selva."

Apareció Víctor. —¡Qué olor más rico!, ¿te bañaste?

—Sí, te dejé la cubeta con agua caliente, hueles a oso en hibernación.

—Gracias por el piropo, no sé cómo se come eso. —sonrieron los dos.

–Vine a despedirme. Yo me quedo antes; en la parada de Luyanó. Ya casi son las doce. Como es lógico no quiero ver la cara del tiburón que tú amas tanto.

–Es mi tiburón; sabe que lo amo, me quiere, me cuida, y lo necesito.

–No me restriegues en la cara lo feliz que eres.

Elena rumió la respuesta; no quería dañarlo. Llegó la escena final de este filme. No sabe porque le latía la sangre en el rostro. Los rigores del viaje le cobraban su tributo.

–Mima, ¿te sientes bien?

–Sí, ¿qué hay?

–Estás colorá.

–Tranquilo, no pasa nada. Más se perdió en la guerra. Dime algo antes de poner el letrerito de fin.

–Este tren me pertenece hasta tanto llegue a mi destino. Se me ocurre darle gracias a la vida por encontrarte de nuevo. Tú dijiste lo de los treinta años; es tu verdad. Debes haber estado echa un caramelito. Aunque necesite olvidarlo. Tengo que inventar rápido una aventura, para darle las flores, los besos, el cariño que era para ti. Me duele el alma y no queda otra alternativa que echarle tierra. Tú crees que no sé, que perderás el hilo fácil. Unas horas y ya, tú y yo no existimos.

–Víctor, yo tengo una vida estable. No me quejo. No buscaba cambiar nada. No se puede nadar contra la corriente. Por mi parte, te deseo la felicidad que mereces, y si sigues hablándome de ese modo comenzaré a llorar; hasta me creeré culpable. Los humanos fuimos creados para amar. No podemos vivir dignamente y crecer como personas equilibradas sin amor, del que sea. Ya encontrarás uno.

–Elena, hoy es el último día que digo ese nombre.

–¿Hablarás a otros de Clara Elena?

–No, a partir de hoy te llamaré Gloria, y no es una fanfarria mía; es en base a lo que has traído a mí. Porque en un pestañar tuve vicio de tus ojos, de tu mano, de tu aliento. Has tatuado, sin proponértelo, este día dentro de mí. Acaso no sabes que cada uno somos, lo que hemos sido en los demás.

–¡Qué va, Víctor! No eres tú el que me habla; como siempre estás bromeando. –Elena se quitó la felpa que juntaba el cabello, lo zarandeo un poco y lentamente lo volvió a recoger con sus dedos haciendo de peine, esta vez situó la coleta en lo alto de la coronilla, Víctor, complacido, no perdió ripio del acto.

–Esto es lo que me sale de adentro; sabiendo que te pierdo de nuevo. ¿No dicen que hay que hacer de tripas, corazones?

–Hay que aprender a aceptar las historias que nos tocan. Quien no las acepta: se resiste, se enferma, retrocede, y no avanza. Hay que evitar esos dolores para el alma, como dices ser capaz de aceptar; ya eso de algún modo nos sana.

–Me voy a la escalerilla hasta que esto pare en Luyanó. No lo hagamos más difícil, te dejo. –le tocó la barbilla.

Víctor se encaminó hasta el extremo del coche. Giró, la miró, hizo la seña ocular y un pulgar arriba (de me gusta), ambos tenían los ojos derretidos. Dobló hacia la escalerilla. Se colocó en el cuarto y último escalón.

A Elena le regresó el efecto de cuando terminaba de actuar en las antiguas puestas escolares; llena de emociones, donde se baja el telón y todo acaba. Nunca se creyó tan indefensa.

Cubana, por favor, no ha sucedido nada entre ustedes, solo algunos instantes... que han culminado en cero. No hay peligro.

El tren comenzó a aminorar la marcha. Se escuchó el pito. Como si oyese el súbito disparo en una pista de atletismo, ella echó a correr hacia la salida. No había otros en la escalerilla. Él continuaba próximo a la acera.

–Víctor.

Este se viró. Ella bajó dos escalones. Se abrazaron. La cabeza de Víctor quedó a la altura de su pecho. Él le besó allí mismo dos veces, como besa un chico a su madre por levantarlo del castigo. Ella le puso un beso en la coronilla y le masajeó suave el cabello. Estuvieron juntos solo unos segundos.

Cuando el tren se detuvo firme, Víctor determinado, sin mirarla, se apartó. Salió acera arriba.

Elena quedó con los brazos abandonados a la altura del pecho, los dejó caer. Se encaminó a su asiento, demolida de una terrible batalla sin saber quién fue en el vencedor.

Cubana, ya sabes por experiencia que hay seres que no se van, se quedan.

Ya sentada: "Qué vacío es este, no lo concibo" –se inclinó un poco adelante y acurrucó sus dos brazos como si hubiera frio, nada más alejado de la realidad.

Se reanudó el recorrido hasta la Estación Central. El tren se deslizaba apacible por el patio de la terminal para por fin detenerse. Comenzó la fase desespero. Todos querían bajar lo más rápido posible. Ella se incorporó, sacudió su cabeza como si emergiera de una piscina. Paso las manos por el cabello, estiró la camiseta y el *jeans*. Fue a la escalerilla. Se asomó. Vio a varios maleteros con sus carritos para auxiliar a los arribantes. Dio voces, hizo señas a uno de ellos.

El hombre subió al coche. Extrajo el gusano. Lo colocó en el carrito. Ella lo acompañó hasta el inicio de los andenes con su mochila al hombro.

Estás de cama mujer. Cada cual sabe de la pata que cojea. No veía al marido por ningún lado. El hombre se estacionó en el salón de embarque. Ella le indicó un asiento. Este lo depositó allí.

—¿Cuánto? —dijo ella.

—Lo que usted quiera darme. Puedo buscar un taxi y llevárselo.

—No, gracias. Mi esposo vendrá. No sé qué... esto me da mala espina. Esperaré que se despeje todo. Me da mareos seguir buscándolo, estoy como fundida —sacó un billete, se lo extendió—. Hay que esperar que baje la marea. —ella permanecía de pie junto a su equipaje. El hombre con una sonrisa leve dio las gracias y se marchó.

Elena miró de nuevo al tren. Por un costado venían dos ambulancieros con la camilla. "Esa es Alma". Sintió escalofríos de la cabeza a los pies. Asimismo, vio al hombre fuerte conduciendo de la mano al talibán; le pareció un escolar. Como si los ojos de Elena le avisaran, el hombre al verla se soltó del hermano y corrió hacia ella, que no tuvo tiempo de asustarse, le agarró la mano izquierda y se la besó fuertemente. El hermano que había salido tras de él, se disculpó con ella, lo sujetó de nuevo y se encaminaron al exterior. Ella levantó esa misma mano al pecho, quizás para sostener el órgano. El afgano sonriente se volteaba a intervalos, como el chiquillo que sabe hizo una travesura. Elena cambió la vista. Divisó a la corpulenta con Chinchila cargada, con dos maletas de rueditas, una amarrada a continuación de la otra, y en apuros por un taxi. Advirtió a la señora y la joven del evento del pelo; se iban acompañadas por un señor con bastón. Distinguió a los primos, orgullosos, con las manos entrelazadas cruzaban hacia el parque del costado de la terminal. A Luisa, que de seguro aquel era Ernesto, por la cohesión. Reconoció de lejos, abordando un Lada, a la señora de la promesa; no la de la Virgen, si no a la del hijo diferente. "Lo sabía, mintió".

De repente, una voz femenina y distante le gritó: –Adiós Elena.

Ella abanicó su mano; despidiéndose, sin saber el nombre. Era la del papeleo por la ciudadanía.

Poco a poco fueron retirándose los arribantes. Eran las doce y cuarenta, del veinticinco de mayo, más de 24 horas de viaje. Intentó organizar sus ideas. Controlarse ante la ausencia de Mariano. Por fin, este despuntó, venía hacia ella con un paquetico. "Uf, gloria a Dios". Se calmó su espíritu.

Ella le fue para arriba como si lo hubiese estado esperando incontables años. Lo abrazó con bríos. Se juzgaba tentada, culpable. Mariano le correspondió, pero no del mismo modo. Daba la impresión de que fue salvada de un naufragio. Él interpretó, porque conoce a su mujer, que necesitaba apoyo. La supuso extenuada por todo lo que le han notificado en la taquilla de información, al preguntar por la demora del arribo.

Mariano se despegó sobrio. –Tómate este café con leche, ya debe estar frio. ¿No te dio hipoglicemia?, ella lo ingirió desaforada, contestándole con un dedo que no. Él recogió su equipaje.

–Dale, Marcelino nos espera en el parqueo.

En ese minuto ella recordó a la amenazadora. –¡Ay, la jaba!, se me quedó debajo del asiento.

–¿Y ahora?

–Ahora nada. No voy. Quiero desaparecer todo lo que huela a tren.

–¿Dime dónde? Yo voy a buscarla. ¿Cómo vas a dejar cosas por detrás?

–No, tranquilo, no tiene nada importante, con las horas ya no sirve, olvídalo. Ni siquiera es mía. Te contaré después.

–Si tú lo dices.

Elena escondía su mirada. Mariano, crédulo. Al cargar el gusano: –¿Tu tía Felicia metió la finca aquí? –Me dio, de todo un poquito, le contestó ella. Llegaron al auto. Marcelino abrió el maletero de un Ford 59 bien conservado. Ella lo saludó con un beso y se sentó detrás. El esposo y Marcelino reanudaron una conversación trunca. Cuando el auto dobló por la esquina de la estación, ella divisó a uno de los empleados del tren (por el uniforme) que se marchaba con la jaba peregrina; la misma que ella había dejado por detrás. "Juanita Metralleta, tus carnes fueron a parar una casa habanera y hasta mi toalla", concluyó. –Estoy privada de la cabeza. Voy a recostarme un poquito hasta llegar a la casa. –dijo a los presentes.

–¿Tú me has oído preguntarte algo? Después de un viaje como ese es lógico que estés molida. ¿Verdad Marcelino? Mañana, si quieres, me cuentas los pormenores. Lo mejor es olvidar lo más rápido posible.

Tuvo la sensación de que su esposo intuía algo.

–Es verdad Elena, relájate. Ya estás con los tuyos. Nosotros hablaremos bajito.

Lo de la cabeza era cierto, si bien el sueño no rondaba por ningún lado.

Con la atención sellada percibía una conversación remota, insustancial. No entendía qué sensación era aquella. Nunca había experimentado un cansancio de aquella magnitud. Claro, tampoco había vivido un día de esa índole, más *lo otro*.

Anhelaba que llegaran veloces los días en su casa. Pero, qué revolcada le ha dado la existencia a esta buena mujer.

Cuando Mariano abría la puerta, Elena miró su espalda; imaginó la expresión de dolor que aparecería en él, si le dijese: "Estoy rara, ilógica, porque he conocido a un hombre que me gustó y estuve a punto de besarlo. Pero como sé que después de un beso uno empieza a ser otra. Date con un canto en el pecho, por ser la mujer que soy", pero se cerró con candado y dijo: –No pegué un ojo, estoy destrozada.

–Lo sé. –dijo él.

Ya en su cuarto al buscar las cosas e ir a ducharse, fue que preguntó por su hijo; algo extraordinario.

–Tuvo que irse temprano. Mañana a primera hora tiene examen. Quedaron en estudiar esta noche. ¿Te caliento almuerzo? Yo estoy muerto del hambre, me imagino tú

–No. Hazme un batido, si hay con qué, para que las pastillas no me trabajen tanto en el estómago. –dijo al entrar a la ducha

–A la orden. Ah, te dejé la bicicleta nueva –dijo alejándose.

El agua caliente arroyando su cuerpo se llevaba todo lo absorbido en el viaje, menos a Víctor.

"¿Será posible? Tengo que dormir rápido. Cancelar las imágenes de este documental que tengo en la cabeza".

Después de merendar se acostó. Durmió toda la tarde. El marido se ocupó del resto.

Después de la telenovela ella se acostó primero, trataba de apagar aquellas secuencias que en muchos tiros de cámara entraban y salían en su cerebro. Él se cercioró de que toda la casa estuviera cerrada. Apagó la luz de la lámpara, que está en su parte. Pegó todo el cuerpo al de su esposa, poniéndole el brazo por encima de la cintura y dándole un efluvio de besos plácidos en la espalda descubierta.

Elena decidió permanecer ausente.

Al sonar el despertador ambos se miraron.

–¿Cómo amaneciste, cielo? –la llamaba de ese modo, de cariño, cuando quería aproximarse. Sino era, Elena, a secas. Para reprobar o exigir; Clara Elena. Y en irregularidades de bravezas, era completo, con Luz de la Torre incluido.

–Bien.

–¿Lista para la batalla?

–No, me quedo en el campamento, atendiendo la logística de los soldados.

El esposo sonrió. –Está bien. –le dio un beso en la frente. Se encaminó a prepararse para ir al punto donde lo recoge el transporte de su trabajo.

Elena hizo el desayuno. Ambos desayunaron. Mariano antes de marcharse: –No vayas a trabajar, todavía tu cara me dice que no estás bien.

–No, me voy. Me da pena con mis compañeras. Esto ahorita se me quita; es depresión post trauma.

–¡Como está la doctora! –se dieron un beso de piquito.

Elena se desempeñó con normalidad en su trabajo, aunque, una especie de susto le carcomía el pecho. Sus compañeras extrañadas de tanto silencio, no habitual en ella.

Regresó a su casa. El esposo bañaba al perro en el patio; ese día le toca el aseo. La gata desaparecida; le tiene miedo a la manguera.

–Ya estoy aquí. –dijo desde la cocina

–¿Todo bien?

–Sí. ¿Hago congrí o arroz blanco para la comida? Voy a hacer un pedacito de pollo para cada uno, ah y platanitos fritos.

–¡Qué rico!, para festejar. Si me das a escoger, congrí.

El resto de las señales en casa, todo como siempre.

Cubana, no puedes apencarte ahora. Vamos, pon otra cara.

Ella fue a la cama primero. Se hizo la dormida. Mariano, situado detrás de ella, comenzó a acariciarle el cuello.

–¿Será que no quieres ayudarme a despejar el coseno, de la tangente de Pi al cuadrado? Hace una semana que no estás y ahora es como si llegaras de otro país.

Ella se volteó, sabía que debía complacerlo, pero no profesaba el más mínimo ímpetu. Cubana, es inconcebible. Ha regresado otra mujer del famoso viaje.

"Dios, tírame un cabo, ji, ji, así hablaba el otro, empuja la carreta duro, no quiero sentirme tan extraña".

Comienzan las caricias. Hacen lo que están acostumbrados. Intenta ver si puede lograrlo como tantas noches. Desiste.

–Amor, no puedo. Hazme todo lo que quieras; sé tú.

Mariano apartándose: –No, así no. Pasa algo contigo. No sé qué me pasa cuando te miro. Dejémoslo para otro día.

Él se viró para la pared. Ella se le pegó detrás. Lo abrazó toda la noche.

De nuevo el despertador. Al abrirlos, y estirándose, emanaban frases, risas, tiros fijos como de una cámara de cine, coexistidos aquella vez. "¡Oh, de nuevo!", Elena se incorporó en una cruzada por ser la de antes. Lo conveniente para todos. Debe y tiene que aterrizar del viaje disparate.

Al llegar a su trabajo le informaron, que el viernes 28 había reunión metodológica en la Biblioteca Nacional y que no podía faltar.

Cubana, viste los cielos abiertos. "Al final, Víctor mantuvo respeto hacia mí, o tiene pareja, o no tuvo valor de proponerme volvernos a ver. ¿Y si lo hubiera hecho?, ¡claro que iba a decirle que no! Es que… ahora mismo, no estoy tan segura".

Sobre el viaje de trabajo no hubo inconvenientes con su esposo. Después de comer Mariano preguntó por la jaba rechazada. Elena relató el testimonio a su manera, ocultó lo de la toalla, el esposo muerto de la risa por todas las escenas, donde ella puso su sazón.

Esa noche hicieron el sexo acostumbrado. De cualquier manera, por primera vez en tantos años lo ha engañado. ¿Suponen? Hay pensamientos tan infieles como la más atrevida de las caricias en vivo, con quien no se debe. Será por eso por lo que dicen, que si tienes dueño y estás en pecado sueles tocar el cielo. ¿Por qué será? … Por otro lado, la consciencia es algo espantoso cuando lo acusa a uno.

Salió de su casa sin arrancar la mañana. Tenía que estar en el Vedado; en la institución a las ocho. Llegó puntual. Participó como siempre. Recogió las orientaciones. Se dirigió a la parada de guaguas para encaminarse a Marianao. Allí, plantarse en la Terminal del Lido por un transporte hacia Artemisa. Pero, se le ocurrió desviarse. Abordó otro ómnibus rumbo a Centro Habana, donde se encuentra la Estación Central.

Cubana, te inflamas en deseos de volverlo a ver; de oírlo hablar sus sandeces, ¿eh? "Qué dirá cuando me vea; estoy segura de que le daré tremenda sorpresa." ¡Cuidado, te estás saliendo de, dentro de ti!

Ya en la estación buscó la oficina de los policías. Conversó con el oficial de guardia.

—En el 16 Habana–Guantánamo, Víctor, no sé el apellido. Es habanero, de cuarenta y pico Vive en Lawton. Blanco, Alto, fuerte, de cabello oscuro con poquísimas canas, muy ocurrente y bien parecido.

Escuchándola, el oficial quedó atascado, y le dijo: —De todas formas, buscaré en el listado del tren oriental. Hoy no están viajando. No me suena.

El hombre revisó dentro de un *file* hoja por hoja.

—Aquí no encuentro a ningún Víctor. Compañera, debe ser un error. Quizás le dicen así y no es su nombre real.

—¿No hay expedientes de ustedes con fotos?, pudiéramos buscarlo por ahí. Es por algo urgente, por favor.

El hombre con pocos deseos —supuso amoríos de trenes—, encendió una computadora situada al final de la minúscula oficina, comenzó a revisar.

—¿Por qué no me deja buscar? Soy bibliotecaria, trabajo con una, ande, no sea malo. Yo soy la que lo conozco. Ya sabemos que no lo vamos a encontrar por ese nombre. —el policía asintió con desgano.

Elena revisó uno por uno. Nada.

Acuérdate, Elena, varias veces tú y hasta yo, lo llamamos loco. Puede que lo sea.

Entonces se detuvo en que fuera en verdad un desequilibrado, excéntrico, de seguro harto conocido por los transportistas. Recapacitó en lo bien que lo hizo el afgano.

"Yo misma lo llamé loco. ¿Será que lo es?" –entristeció el semblante. El hombre intervino: –Mire, si está tan interesada vaya al Departamento de Recursos Humanos; allí controlan el personal de los ferrocarriles, pregunte. Créame que no entiendo, porque si dice usted que llevaba uniforme, no sé.

Ella entró en un desconcierto total.

"Víctor me ha engañado. Es un hijo de puta y yo, una chiquilla de Secundaria que me dejé impresionar".

Al entrar en la otra oficina, casi chocó con una ferromoza que iba saliendo.

–Oh, discúlpame, mira…

Repitió el asunto. La mujer le indicó los dormitorios de las ferromozas del tren oriental, y que, si no resolvía allí en Personal y con las otras trabajadoras del albergue, que fuera con las dependientas de la cafetería. Las de allí conocen a todos los vendedores y negociantes de la estación, se las saben todas, le aseguró.

La muchacha de Personal hizo la búsqueda en la computadora de su oficina. Uno llevaba ese nombre, combinado con José, de primero, y tampoco era su rostro. Elena se noqueó ante el misterio, le insistió, alegando que era por algo inminente, ver ella misma la base de datos –por las fotos–, con el personal íntegro. La joven inconforme aceptó, sin embargo, le rectificó que eso no podía hacerse. En fin, ella misma revisó a todos los trabajadores deteniéndose en cada imagen. Negativa la búsqueda. Regaló a la joven dos dólares.

Subió donde las ferromozas. Conversó con una, que por casualidad era empleada del tren guantanamero. Le aseguró que, en su tren ningún policía ni empleado se nombraba así. Y para rematar: –Sí, yo recuerdo, fue el día que le dio un infarto a una viejita, no estamos viajando porque el tren está roto.

Elena quedó encandilada. Agradeció la gentileza. Se marchó.

Estás haciendo el ridículo Elena, deja esto ya. Tienes que regresar a tu casa a una hora respetuosa.

Caminando reflexionaba. "¿Y si es un demente que alguien le regaló el uniforme? No, no puede ser; él iba junto al empleado que confrontaba los boletos, y él los equipajes. Y si era en son de ayuda al empleado y le permitían el juego tonto porque lo conocen de sobra. Va y es un desequilibrado, de los funcionales; que anda para arriba y para abajo en los trenes. ¿Tendrá otro nombre? No, hubiera visto su rostro en alguna de las computadoras, además, se veía limpio".

Elena inhalaba suave acodándose del hindú Osho; soltaba casi una carretilla de escombros. Con una cara, mejor no digo cómo se veía.

"En ningún momento lo llamaron. Nadie conversó con él delante de mí. No participó en la custodia de los coches al fumigar. A lo mejor no lo mandaron a buscar al que sabía de locomotoras, y se hizo el importante conmigo. Mira lo que me estás haciendo pasar, el *Diente frio* este, charlatán de feria. ¡Esto es una pesadilla! –se toca–, estoy aquí. Tengo que encontrar una explicación razonable a esta incógnita, y antes de regresar a Artemisa".

Se dirigió hacia una parada cercana. Preguntó. Le explicaron cómo conducirse hasta Lawton. Recordaba su dirección en Dolores y Porvenir, y el 8345 del ferrocarril.

Tuvo que trasladarse en dos guaguas. Aquello quedaba en el fin del mundo. Se bajó de la última. Preguntó por las calles. Existían. Más animada caminó buscando la dirección. "Si Osmany o Mariano me ven por un huequito, por un tipo que casi ni conozco. ¡Qué horror!". Llegó. Tocó el timbre, ahora esperanzada, fortalecida. "Creo, me estoy metiendo en las patas de los caballos; lo que siento no está dicho, pero es.” Acaso estás descubriendo que debajo de esa cabecita terca, ordenada, impenetrable, detrás de esa lealtad que te admiran y envidian tienes un corazón asustadizo y romántico. Se sonríe. Basta de bobadas mujer. Abrió un hombre mayor.

–Buenas. ¿Aquí vive un compañero llamado Víctor?

–Buenas. No, el único hombre de esta casa soy yo. ¿Qué dirección le dieron?

Ella experimentó cierta vergüenza. No podía contar su *thriller*. Se vio obligada a tramar.

Le acababan de lanzar un cubo de agua fría por encima. El hombre, ante el titubeo, llamó a la esposa. –Mayra, mira a ver si puedes ayudar a esta señora. Tú conoces más gente de por aquí.

Elena entró en un letargo. Si da con Víctor, él va a saber cuál es la horma de su zapato. Es idónea en darle el nombre justo que las circunstancias llevan. El dilema en aumento. “¿Por qué me hiciste esto, Víctor?” La mujer al llegar la notó falta de color.

–Ven, entra, siéntate. ¿Te sientes mal? –sin la otra responder–, te traigo agua.

Después de tomarla, aspiró el aire de un ventilador que aquella puso en la sala.

–¡Qué pena, señora!; es que madrugué, soy de Artemisa, ya me siento mejor, gracias. Buscaba a esa persona para un negocio. Debe haber un error al copiar la dirección, rectificaré después.

–Claro, aquí en la Habana tú no puedes buscar a nadie sin una seguridad. Porque no das con la persona.

Cubana, pregúntale si siempre han vivido ahí, dale.

Ya en la puerta para irse, obedece la voz interior. –¿Ustedes siempre han vivido aquí?

–No, desde el dos mil dos. La dentista que vivía aquí se fue. La casa pasó al gobierno. Nos la dieron a nosotros porque vivíamos en fase de derrumbe, al final de Lawton. –dijo.

El resplandor regresó. Sus pensamientos tomaron otra dirección. –¿Sabe cómo se llama la que se fue? –le sonó lo de dentista. Echó un vistazo rápido a la pared donde descansaba la puerta; había una reproducción antigua de un Fidelio Ponce de León; *La Pianista*. La tristeza de la imagen era parienta de ella. Ese cuadro de seguro era de la otra, también amaba el arte.

–No, espérese, voy a llamar a Lucía, la vecina. Ella ha vivido toda una vida ahí.

Fueron al portal. Solicitó a aquella que explicó:

–Ah, sí, ella busca a Leticia, la dentista. Ella se fue por el Programa de Refugiados Políticos para Miami. Por una causa del padre, que era fallecido.

Intervino de nuevo: –¿Sola o con su familia?

–Sola, los hermanos de ella ya vivían afuera. No pudo llevarse a su amiga porque no la aceptaron. Usted sabe, en esos trámites la gente tiene que ser familia de verdad, de apellidos y todo, y aquella lo era por otra vía. Esa es doctora también, pero en medicina.

–¿Sabe cómo encontrarla? ¿Cómo se llama?

–A mí se me olvidó el nombre. Ella es la doctora del consultorio 11. Eso queda más o menos, como a diez cuadras para allá, por esta misma calle.

La primera mujer a quien preguntó quedó desorientada, ante este tipo de búsqueda y cuestionario. La gente está loca, venía buscando a un hombre, sin pensar cambió para una mujer. No entiendo nada –pensó para sus adentros aquella.

–Muy agradecida a las dos. –se marchó.

Salió en busca del consultorio médico. No comprendía bien, por qué deseaba investigar sobre su antigua amiga. A esta altura. ¿Qué tendrá que ver aquel loco con la casa de Leticia?

Empapada de sudor, aflojó la prisa, se detuvo a ver si escuchaba el aire, nada. El chismoso, su abanico negro, no vino esta vez (siempre se queda algo). El esfuerzo del recorrido era intenso, pero volvió a andar ahora más despacio, secándose a ratos con la toallita. ¿Seguro que quieres llegar adonde estas yendo? "Sí"

Llegó al consultorio al tiempo que la doctora (por la bata médica) salía en una bicicleta. Ambas se detuvieron.

–Dígame, si es para verse ya terminé. Si es urgente tiene que ir al Cuerpo de Guardia del Hospital Miguel Henríquez.

–No, solo vengo por una pregunta.

–Dígame.

–¿Usted es la amiga de Leticia Montes de Oca?

–Sí, soy Elena. ¿Qué desea?

Cubana, control con las emociones, ya tienes cierta edad.

Mi Elena debe haber dejado de respirar porque entró en una especie de crisis vagal. Flotaba en el silencio de las dos, un silencio tan denso que no cabía ni una palabra. Ambas se miraban fijas por motivos diferentes. La doctora al ver que no…

–Espero me diga. Si es por la noticia, mejor digo la fatalidad ya la sé. Y estoy bastante afectada.

Como arrastrando las vocales volvió: –¿Qué noticia?

–Leticia murió en un accidente de tránsito en Tampa, yendo para su trabajo el pasado lunes, veinticuatro, hace unos días. ¿Si no es por eso, para qué me procura a mí?

Clara Elena Luz de la Torre en ese punto, experimentó el resplandor de nuevo, ahora humedecido con una sombría aflicción. Irrumpió en su mente aquellas palabras que dijo Luna, la cartomántica del tren, a Víctor. De repente, cayó al suelo, al parecer, desmayada.

Tanto en el cristianismo y el judaísmo como en el islam, existe la creencia en los ángeles; que se manifiestan. Son concebidos como seres creados de luz, y dedicados al servicio de Dios, por cuyo mandato realizan determinadas tareas; como introducir el alma en el cuerpo de los neonatos, recoger el alma de los que mueren, registrar determinados hechos de la vida o, servir de mensajeros divinos. Los ángeles pueden adoptar apariencia humana, de cualquier sexo y por lo general se describen como seres sorprendentes, inolvidables y bellos.

En Artemisa, 2019

De la autora

Alina del Carmen Moreno Rodríguez, 29 de agosto de 1962. Natural de Artemisa, Cuba. Narradora. Autora inédita. Tiene escritos dos libros de cuentos para adultos, uno de micro relatos y dos novelas. Ha sido: Maestra, Lectora de Tabaquería, Narradora oral para niños, Docente e Investigadora en Biblioteca Pública, Técnica de Biblioteca durante 26 años. Además, Peluquera en la actualidad, oficio que también ama.

Para contactar con la autora:

alinamorenorodriguez62@gmail.com

ÍNDICE

1. *¡Cosa más grande la vida!* Humor. José Luis Riverón Rodríguez. $7.99
2. *¿Cuba... qué linda es Cuba?* Narrativa. Hebert Poll Gutiérrez. $7.99
3. *"Uno por aquí"* y yo, en la pandilla del barrio. Novela. Noelio Ramos Rodríguez. $7.99

4. *1932, Dios, revolución y libertad.* Poesía. Carlos Salina Granda (Perú). $5.99
5. *1968 y el cine, Memorias del 3er Encuentro de la crítica cinematográfica.* Compilación de Pedro R. Noa. $9.99
6. *A quién pregunto por mí.* Poesía. Andrea García Molina. $12.99
7. *A veces, cuando el silencio.* Poesía. José Antonio Martínez Coronel. $9.99

8. *Abrazo a un búcaro sin flores.* Poesía. David Montero Figueredo. $6.99
9. *Actos en la tierra.* Poesía. Eduardo René Casanova Ealo. $5.99
10. *Adiós Rembrandt y otros relatos.* Colección de cuentos. Manuel Antonio Morales Felipe. $7.99

11. *Adoptando a Mini.* Novela ilustrada. Marié Rojas Tamayo. $7.99
12. *Agradecido entonces como un perro.* Poesía. Guillermo Hernández Montero. $5.99
13. *Al diablo el que me lo pida.* Narrativa. Nuris Quintero Cuellar. $5.80
14. *Al otro lado del mundo.* Poesía. Eduardo René Casanova Ealo. $5.99

15. *Al sur de los páramos.* Poesía. Miladis Hernández Acosta.

$5.99

16. *Alta Definición, antología de cuentos inspirados en los medios de comunicación audiovisual.* Barbarella D´Acevedo. $9.99
17. *A-Mar.* Narrativa. Marlene E. García. $5.99
18. *Amores difíciles.* Periodismo. Leonardo Depestre Cantony. $7.99

19. Anita Mur. Narrativa. Frank David Frías Rondón. $9.99
20. *Ante la misma puerta.* Poesía. Gilda Guimeras. $4.99
21. *Antes de amancebarme con la enana zíngara contorsionista.* Narrativa. Alberto Garrandés. $9.99
22. *Antología Memorable: poemas para no olvidar.* Selección de Juan Carlos García Guridi. $7.99
23. *Aquellos ojos verdes.* Narrativa. José Luis Riverón Rodríguez. $7.99

24. *Arcos fracturados.* Narrativa. Manuel Roblejo Proenza. $5.99
25. *Autos de duda.* Poesía. Niurbis Soler Gómez. $5.99
26. *Bajo la rueca.* Narrativa. Luis de la Cruz Pérez Rodríguez. $5.99
27. *Balada de tus ojos.* Poesía. Ray Nelson Pons Días. $5.99
28. *Bestias del paraíso.* Poesía. Roberto Frank Valdés. $5.99
29. *Bitácora de un paria.* Poesía. Yerandy Pérez Aguilar. $12.99
30. *Blasfemia del escriba.* Cuentos. Alberto Guerra Naranjo. $11.99

31. *Breves estudios en torno a la soledad.* Poesía ilustrada. Esther Suárez Durán. $7.99
32. *Cabalgar la zoo-política: Aproximaciones a una posible revolución indoamericana pospandemia.* Ensayo. Carlos Salinas Granda. $5.99
33. *Cacería.* Narrativa. José Hugo Fernández. $7.99
34. *Cancionero español: (Álbum de covers) Volumen 1.* Narrativa. Alejandro Langape. $9.99

35. *Canto a mi cabeza loca (Dinámica del cuerpo)*. Poesía. Claudette Betancourt Cruz. $5.99

36. *Cartas a Leandro*. Narrativa. Ramón Díaz-Marzo. $9.99
37. *Casco de Dios*. Poesía ilustrada. Marié Rojas Tamayo. $9.99

Catálogo de títulos publicados por la Editorial Primigenios entre 2019 y 2020

38. *Como arrullo de tórtolas*. Poesía cristiana. José Luis Riverón Rodríguez. $7.99
39. *Como en un sueño, la vida*. Poesía. José Antonio Martínez Coronel. $5.99
40. *Como salir de un país*. Poesía. Ricardo López. $5.99
41. *Como una mancha de peces*. Narrativa infantil. Miguel Ángel González Pérez. $5.99
42. *Con ojos de piedra y agua*. Poesía. Ana Margarita Valdés Castillo. $5.99
43. *Con un par de alas tremendas: Sonetos de vuelo popular*. Poesía. Juan Carlos García Guridi. $5.50
44. *Concierto para Denysse*. Poesía. Luis Mariano (Lewis) Estrada Segura. $5.99

45. *Confesiones de mujer*. Poesía. Yasmín Sierra Montes. $5.99
46. *Conspiración en La Habana*. Novel. Eduardo N. Cordoví Hernández. $19.99

47. *Cosas de un niño grande*. Infantil. Hebert Poll Gutiérrez. $5.99
48. *Cosas que vienen del cielo*. Narrativa. Yolanda Felicita Rodríguez Toledo. $10.00
49. *Criaturas*. Cuentos. Alex Schweg. $7.99
50. *Crónica de una matanza impune, Persecución y asesinato de emigrantes canarios en Cuba*. Ensayo. José Antonio Quintana García. $7.99

51. *Cuando aparecen los elefantes*. Libro infantil ilustrado. Norge Sánchez. $9.99

52. *Cuando el dolor se convierte en palabra*. Poesía. Elizabeth Álvarez Hernández. $5.99

53. *Cuando me besan tus ojos*. Poesía. Félix Alexis Guerra Menéndez. $5.80

54. *Cuba en la calle*. Fotografías de la Cuba actual. Felipe Rouco Llompart. $24.99

55. *Cuba la revolución usurpada*. Ensayo. Oscar G. Otazo. $15.99

56. Cuba y los fotógrafos viajeros: Desde 1841 a la actualidad. Ensayo bibliográfico. Ramón Cabrales y Rufino del Valle Valdés. $12.99

57. *Cuentos e historias para la (des) memoria*. Narrativa. Oscar Montoto Mayor. $9.99

58. *Cuentos para soñar* (ilustrados). Narrativa. Sarah Graziella Respall Rojas. $19.99

59. *Cuervos sobre el trigal*. Cuentos para adultos. Yasmín Sierra Montes. $7.99

60. *Cúmulos nimbos*. Poesía. Isbel G. $5.99

61. *Curvas sobre la superficie del objeto*. Poesía. Anisley Miraz Lladosa. $5.99

62. *De picha, y señor mío*. Narrativa. José Luis Riverón Rodríguez. $7.90

63. *De poesía y poetas*. Ensayo. Armando Landa Vázquez. $9.99

64. *Desnuda ante tus ojos*. Narrativa. Jenny Díaz Valdés. $5.99

65. *Después de la Caída*. Poesía. Miladis Hernández Acosta. $9.99

66. *Diez cuentos que estremecieron a Cuba*. Narrativa. Carlos Esquivel. $9.99

67. *Dodo danza sobre un dado.* Poesía. Sergio Trincado Torres. $14.99

68. *Donde anida el colibrí.* Narrativa. Zuleica Ruíz Peix. $6.00

69. *Donde el espejo no llega.* Poesía. José Antonio Martínez Coronel. $5.80

70. *Donde termina la mirada.* Poesía. Norge Sánchez. $12.03

71. *Dos libros de Guerra (escrito a cuatro manos).* Poesía. Félix Guerra Pulido y Félix Alexis Guerra Menéndez. $9.99

72. *Duendes del domingo.* Libro infantil ilustrado. Daimy Díaz Laborda. $10.99

73. *Dulce café.* Poesía. Rafael Vilches Proenza. $5.99

74. *E. A. Vol. 1 Breve antología del taller de literatura fantástica y de ciencia ficción "Espacio Abierto".* Daniel Burguet... y Abel Guelmes Roblejo. $9.99

75. *Ejercitar el criterio.* Crítica de narrativa. Waldo González López. $12.99

76. *El agua rota de los sueños.* Poesía. Alejandro Rejón Huchin. $5.99

77. *El ángel en la sombra.* Poesía. Raudel Sosa Pérez. $5.99

78. *El árbol de mi alma.* Poesía. Vivián Suárez García. $5.99

79. *El barón Samedi o el cagüeiro negro.* Narrativa. Eduardo Báez. $15.99

80. *El cacique Turquino.* Cuentos ilustrado. Norge Sánchez. $9.99

81. *El camino.* Literatura cristiana. Jesús Cardoso López. $7.99

82. *El carcaj pleno de colores.* Ensayo sobre la obra del pintor Domingo Ramos Enríquez. Ana Julia Gutiérrez Ulloa. $5.99

83. *El cocinero, el sommelier, el ladrón y su (s) amante (s).* Ensayo. Frank Padrón. $45.99

84. *El desventurado domingo de Dominga.* Libro ilustrado

101. *El puente y otros relatos*. Narrativa. Eduardo René Casanova Ealo. $5.99

102. *El que a buen humor se arrima, buen buena lo acobija*. Caricaturas. Ernesto Rodríguez Castro (Beli). $10.99
103. *El reino perdido de la Zapatucia*. Infantil. José Luis Riverón Rodríguez. $5.99
104. *El rosario del hombre de ceniza*. Poesía. Álex Padrón. $5.99
105. *El señor de las patas largas*. Narrativa infantil ilustrada. Nuris Quintero Cuellar. $14.99

106. *El silencio de los culpables*. Narrativa. Anisley Miraz Lladosa. $9.99
107. *El silencio que dicen*. Poesía. Abel German. $5.99
108. *El tiempo de la esperanza y otros cuentos*. Gisela Lovio Fernández. $11.99

109. *El último sol*. Poesía. Miroslaba Pérez Dopazo. $5.99
110. *El velo de la certeza*. Poesía. José Antonio Martínez Coronel. $5.99

111. *Embestidas de la piel*. Poesía. Odalys Leyva Rosabal. $5.99
112. *Emigrados de fondo*. Poesía. Fernando Lobaina Quiala. $4.99
113. *En el límite*. Narrativa. Maritza Vega Ortiz. $10.00
114. *En la gruta del tiempo*. Narrativa. Felicia Hernández Lorenzo. $8.99
115. *En La Habana de ahora mismo, dos historias de Boston Franco*. Cuentos. Dagoberto José Valdés Rodríguez. $7.99
116. *Enigmas de la otra*. Poesía. Nuris Quintero Cuellar. $5.80
117. *Entre piropos, dichos y refranes*. Décima. Noelio Ramos Rodríguez. $6.99

118. *Eros*. Poesía. Armando Landa Vázquez. $5.99
119. *Es la hora de los hornos*. Poesía. Norge Sánchez. $5.99
120. *Escaras*. Poesía. José Alberto Nápoles.

159. *La Larga*. Narrativa. Ángel Osiris Milián. $15.99
160. *La luna frente al espejo*. Poesía. Luis Mariano Estrada (Lewis). $7.99
161. *La música del árbol*. Poesía. Adalberto Hechavarría Alonso. $6.99
162. *La oscura escalera*. Novela. Ramón Díaz-Marzo. $6.99
163. *La patria es una naranja*. Poesía. Félix Luis Viera.$8.99

164. *La peña de Horeb*. Poesía. José Antonio Martínez Coronel. $6.99
165. *La sangre del marabú*. Narrativa. Argenis Osorio Sánchez. $7.99
166. *La sombra de Sísifo*. Poesía. José Antonio Martínez Coronel. $5.99
167. *La sombra que pasa*. Poesía. Miladis Hernández Acosta. $7.99
168. *La veda del dinosaurio*. Narrativa. Edgar Estaco Jardón. $5.99

169. *La venganza del contrario*. Narrativa. Odalys Leyva Rosabal. $7.99
170. *La vida húmeda*. Cuentos. Carlos Alberto Casanova. $7.99
171. *La virgen sumergida o cómo mataron a Charo*. Narrativa. José Luis Riverón Rodríguez. Edición a todo color. $30.00
172. *La virgen sumergida o cómo mataron a Charo*. Narrativa. José Luis Riverón Rodríguez. Edición estándar. $9.99
173. *Las arenas del tiempo*. Poesía. José Antonio Martínez Coronel. $5.80
174. *Las dunas de la espera*. Poesía. José Antonio Martínez Coronel. $5.58
175. *Las hadas calzan botas*. Poesía infantil ilustrada. Clara Lecuona Varela.$12.99

176. *Las Hijas de Sade*. Narrativa. Guillermo Vidal y Maria Liliana Celorrio. $9.99
177. *Las náufragas porfías*. Ensayo sobre la obra de Dulce María Loynaz de Miladis Hernández Acosta. $7.99

178. *Las rosas que mañana (un museo para Dulce María).* Poesía. Mariana Enriqueta Pérez Pérez. $7.99
179. *Las sendas escabrosas.* Poesía. Yasmín Sierra Montes. $5.50
180. *Las tablillas de Diógenes.* Poesía. Eduardo René Casanova Ealo. $7.26
181. *Laurel y orégano, la hora en que no muere nadie.* Narrativa. Marié Rojas Tamayo. $19.99
182. *Laverna.* Poesía. J. W. Riter. $5.99
183. *Lengua de sapo, relatos hiperbreves.* Narrativa. Edgar Estaco. $9.99
184. *Levitas del siglo XXI.* Ensayo. José Luis Riverón Rodríguez. $7.99
185. *Libro de los prójimos.* Poesía. Miladis Hernández Acosta. $7.99
186. *Libro negro del desencantado.* Poesía. Eduardo René Casanova Ealo. $12.99
187. *Los años del principio.* Novela. José Gutiérrez Cabanas. $15.99
188. *Los caminos del agua.* Poesía. Armando López Carralero. $5.99
189. *Los cerezos de tu vientre.* Novela. Yasmín Sierra Montes. $15.99La cosa
190. *Los Césares perdidos.* Poesía. Odalys Leyva Rosabal. $6.99
191. *Los cuentos más tontos del mundo.* Narrativa. Ronel González Sánchez. $9.99
192. *Los días nuestros.* Poesía. Mayda Milián Ortiz. $6.99
193. *Los enanos de corazones.* Cuentos. Aymee Corominas. $5.99
194. *Los hilos de Ariadna.* Narrativa. José Antonio Martínez Coronel. $15.50
195. *Los imponderables reinos.* Poesía. Miladis Hernández Acosta. $5.99

196. *Los independientes de color*. Poesía. Armando Landa Vázquez. $9.99
197. *Los mapas del tiempo*. Poesía. Álex Padrón. $10.00
198. *Los maravillosos viajes de Globito*. Infantil ilustrado. Clara Lecuona Varela. $12.99
199. *Los misterios de la torre: El muerto del pozo*. Novela. Mario Luis López Isla. $9.99
200. *Los peces no lloran*. Poesía. Julián Dimitri Tamayo Carbonell. $7.99
201. *Los sutiles vástagos*: poemas dispersos. Poesía. Milho Montenegro. $5.80
202. *Luna de aire*. Poesía infantil ilustrada. Yolanda Felicita Rodríguez Toledo.$9.99
203. *Lunaciones, antología personal*. Poesía. Rafael Vilches Proenza. $7.99
204. *Lunes primero*. Narrativa. Pablo Virgili Benítez. $5.99
205. *Luz de mágica sombra*. Poesía. Yasmín Sierra Montes. $5.90
206. *Malas palabras*. Poesía de Norge Sánchez. $7.99
207. *Maravilloso zoológico*. Ilustrado para niños. Pilar Doris Gálvez Martínez. $12.99
208. *Más solo que la Luna*. Narrativa. José Alberto Collazo Oramas. $5.99
209. *Máscaras*. Poesía. Lázaro Alfonso Díaz. $5.99
210. *Mata*. Novela. Raúl Aguilar. $6.99
211. *Memorias de un kamikaze*. Poesía. Jorge Yassel Valdés Reyes. $6.99
212. *Memorias del abismo*. Poesía. Miladis Hernández Acosta. $5.99
213. *Miami, mi rincón querido. Antología ilustrada de cuento y poesía*. Eduardo René Casanova Ealo. $32.99
214. *Mirar, sufrir, gozar...La Habana*. Novela colectiva. Coordinador del proyecto: Lázaro Díaz Cala y Yoss. $11.99

$10.99

233. *Pan con mantequilla.* Cuentos. Ramón Díaz-Marzo. $8.99

234. *Pero no me toques.* Narrativa. Bertha María Gómez Sedano. $5.99

235. *Perversas mujeres contra el muro. Colección erótica de cuentos.* Odalys Leyva Rosabal. $19.99

236. *Pesadilla, tragedia y fantasmas de neón.* Cuentos de ciencia ficción. Álex Padrón. $7.99

237. *Pesquería lunar.* Poesía infantil ilustrada. Jorge Morales Morales.$5.50

238. *Philosophia Naturalis Principia Poética Matemática.* Poesía. Armando Landa Vázquez. $7.50

239. *Piano Afinado.* Poesía. Norge Sánchez. $7.99

240. *Piedra para Obatalá.* Ensayo. Yoel Enríquez Rodríguez. $7.99

241. *Pilares extendidos: diez maneras de conocer a José Martí.* Ensayo. Daniel Céspedes Góngora. $8.00

242. *Poetas cubanos en canarias. Antología.* Juan Calero Rodríguez. $9.99

243. *Por culpa del amor.* Novela. Teresa Medina Rodríguez. $15.99

244. *Por el camino verde:* Apreciación en décimas a la obra de José Suárez Verde. Ensayo. José Luis Riverón Rodríguez. $18.99

245. *Porque la lluvia no cesa.* Poesía. Yolanda Felicita Rodríguez Toledo. $5.99

246. *Primigenios, el cuerpo lírico de una nación.* Semanario copilado por Eduardo René Casanova Ealo. $7.99

247. *Puertas, boleros y cenizas.* Poesía. Yuray Tolentino Hevia. $6.99

248. Pura coincidencia. Cuentos. José Luis Pérez Delgado. $7.99

249. *Quirubín, el de Changa.* Novela. Noelio Ramos Rodríguez. $7.99
250. *Rabota.* Narrativa. Armando Landa Vázquez. $7.00
251. *Rani y la charca misteriosa.* Novela juvenil. Ana Rosa Díaz Naranjo. $9.99
252. *Recapitulación.* Poesía. Dorge Rodríguez Hernández. $7.99
253. *Retablos.* Poesía. Pedro Evelio Linares.$12.99
254. *Retazos.* Poesía. Ana Ivis Cáceres de la Cruz. $7.99
255. *Revisitación al Monte Fuji.* Poesía. Armando Landa Vázquez. $10.99
256. *Revolicuento.com* Cuentos. Rafael Grillo. $9.99
257. *Rostros.* Cuentos. Lisbeth Lima Hechavarría. $7.99
258. *Salmos por Denisse.* Poesía. Yolanda Felicita Rodríguez Toledo. $3.99
259. *Salsiquieres city.* Narrativa. Teresa Medina Rodríguez. $5.99
260. *Saltarina y el majá rastrero.* Infantil ilustrado. Delsa López Lorenzo.$13.99
261. *Santa Fe y otros relatos teatrales.* Teatro. Edgar Estaco Jardón. $10.00
262. *Sexualidad femenina, el paraíso del placer.* Dr. Octavio Gárciga Ortega PhD. $12.99
263. *Siéntate y mira: Crítica, comentarios y ensayos sobre cine.* Crítica cinematográfica. Daniel Céspedes Góngora. $10.99
264. *Sin oxígeno, sin Cristo.* Cuentos. Rogelio Riverón. $9.99
265. *Solo en medio del mundo.* Poesía. Norge Sánchez. $5.99
266. Subdesarrollo Pérez, ¡Qué envolvencia!, El arte de la simulación. Arístides Pumariega y Rebeca Ulloa. $12.99
267. *Temblor de hoja rota.* Poesía. Armando López Carralero. $7.99

268. *The Watchers*. Novela (en inglés). Asley L. Mármol.
269. *Tiempo*. Poesía de Bernardo Javier Castro Reyes. $7.99
270. *Todas las madrugadas*. Narrativa. Manuel Roblejo Proenza. $5.99
271. *Torres de marfil*. Narrativa. Yonnier Torres Rodríguez. $7.99
272. *Trampas de amor*. Poesía para niños. Carlos Ettiel. $14.99
273. *Tras el telón de celuloide: Acercamiento al cine cubano*. Crítica cinematográfica. Antonio Enrique González Rojas. $7.00
274. *Travesía la desnudo*. Poesía. Wendy Calderón Veloso. $5.99
275. *Tus luces sobre mí*. Narrativa. Maritza Vega Ortiz. $7.99
276. *Un grafiti en los ladrillos*. Poesía. Hansrruel Aldana Cabrera. $5.99
277. *Un triste cepillo de dientes*. Narrativa. Norge Sánchez. $7.99
278. *Una ciudad sin lágrimas*. Miriam Peña Leyva. $5.99
279. *Una cosa es con guitarra*. Poesía. José Luis Rodríguez Alba. $5.99
280. *Una mujer es...* Poesía. Juan Francisco González-Díaz. $5.50
281. *Valbanera: Naufragio, misterio y leyenda*. Ensayo. Mario Luis López Isla. $12.99
282. *Vértigos*. Poesía. José Poveda Cruz. 5.99
283. Viento de cenizas. Poesía. Miladis Hernández Acosta. $8.99
284. *Xarahlai La Gitana*. Narrativa. Xiomara Maura Rodríguez Ávila. $9.99
285. *Y a todo a media luz*. Narrativa. Teresa Medina Rodríguez. $6.99
286. *Yo también soy ellas*. Poesía. Yuray Tolentino Hevia. $5.99